LES

ILLUMINATIONS

UNE SAISON EN ENFER

ARTHUR RIMBAUD

POÈMES

LES ILLUMINATIONS
UNE SAISON EN ENFER

Notice par Paul Verlaine

PARIS
LÉON VANIER, LIBRAIRE-ÉDITEUR
19, QUAI SAINT-MICHEL, 19

1892

PRÉFACE

DE LA

PREMIÈRE ÉDITION DES *ILLUMINATIONS*

(1886)

Le livre que nous offrons au public fut écrit de 1873 à 1875, parmi des voyages tant en Belgique qu'en Angleterre et dans toute l'Allemagne.

Le mot « ILLUMINATIONS » *est anglais et veut dire gravures coloriées,* — coloured plates : *c'est même le sous-titre que M. Rimbaud avait donné à son manuscrit.*

Comme on va voir, celui-ci se compose de courtes pièces, prose exquise ou vers délicieusement faux exprès. D'idée principale, il n'y en a ou du moins nous n'y en trouvons pas. De la joie évidente d'être un grand poète, tels paysages féeriques, d'adorables vagues amours exquissées et la plus haute ambition (arrivée) de style : tel est le résumé que nous croyons pouvoir donner de l'ouvrage ci-après. Au lecteur d'admirer en détail.

De très courtes notes biographiques feront peut-être bien.

M. Arthur Rimbaud est né d'une famille de bonne bourgeoisie à Charleville (Ardennes) où il fit d'excellentes études quelque peu révoltées. A seize ans, il avait écrit les plus beaux vers du monde, dont de nombreux extraits furent par nous donnés naguère dans un libelle intitulé Les Poètes maudits. *Il a maintenant dans les trente-sept ans et voyage en Asie, où il s'occupe de travaux d'art. Comme qui dirait le Faust du second Faust, ingénieur de* génie *après avoir été l'immense poète vivant de Méphistophélès et possesseur de cette blonde Marguerite !*

On l'a dit mort plusieurs fois. Nous ignorons ce détail, mais en serions bien triste. Qu'il le sache au cas où il n'en serait rien. Car nous fûmes son ami et le restons de loin.

Dans un très beau tableau de Fantin-Latour, Coin de table, *à Manchester actuellement, croyons-nous, il y a un portrait en buste de M. Rimbaud à seize ans.*

« LES ILLUMINATIONS » *sont un peu postérieures à cette époque.*

PAUL VERLAINE.

LES

ILLUMINATIONS

APRÈS LE DÉLUGE

Aussitôt que l'idée du Déluge se fut rassise,

Un lièvre s'arrêta dans les sainfoins et les clochettes mouvantes, et dit sa prière à l'arc-en-ciel, à travers la toile de l'araignée.

Oh ! les pierres précieuses qui se cachaient, — les fleurs qui regardaient déjà.

Dans la grande rue sale, les étals se dressèrent, et l'on tira les barques vers la mer étagée là-haut comme sur les gravures.

Le sang coula, chez Barbe-Bleue, aux abattoirs, dans les cirques, où le sceau de Dieu blêmit les fenêtres. Le sang et le lait coulèrent.

Les castors bâtirent. Les « mazagrans » fumèrent dans les estaminets.

Dans la grande maison de vitres encore ruisselante, les enfants en deuil regardèrent les merveilleuses images.

Une porte claqua, et, sur la place du hameau, l'enfant tourna ses bras, compris des girouettes et des coqs des clochers de partout, sous l'éclatante giboulée.

Madame *** établit un piano dans les Alpes. La messe et les premières communions se célébrèrent aux cent mille autels de la cathédrale.

Les caravanes partirent. Et le Splendide-Hôtel fut bâti dans le chaos de glaces et de nuit du pôle.

Depuis lors, la Lune entendit les chacals piaulant par les déserts de thym, — et les églogues en sabots grognant dans le verger. Puis, dans la futaie violette, bourgeonnante, Eucharis me dit que c'était le printemps.

Sourds, étang ; — écume, roule sur le pont et passe par-dessus les bois ; — draps noirs et orgues, éclairs et tonnerre, montez et roulez ; — eaux et tristesses, montez et relevez les déluges.

Car depuis qu'ils se sont dissipés, — oh, les pierres

précieuses s'enfouissant, et les fleurs ouvertes! — c'est un ennui! et la Reine, la Sorcière qui allume sa braise dans le pot de terre, ne voudra jamais nous raconter ce qu'elle sait, et que nous ignorons!

BARBARE

Bien après les jours et les saisons, et les êtres et les pays,

Le pavillon en viande saignante sur la soie des mers et des fleurs arctiques (elles n'existent pas).

Remis des vieilles fanfares d'héroïsme, — qui nous attaquent encore le cœur et la tête, — loin des anciens assassins, —

Oh! le pavillon en viande saignante sur la soie des mers et des fleurs arctiques (elles n'existent pas).

Douceurs!

Les brasiers, pleuvant aux rafales de givre. — Douceurs! — Ces feux à la pluie du vent de diamants jetée par le cœur terrestre éternellement carbonisé pour nous. — O monde !

(Loin des vieilles retraites et des vieilles flammes, qu'on entend, qu'on sent.)

Les brasiers et les écumes. La musique, virement des gouffres et choc des glaçons aux astres.

O douceurs, ô monde, ô musique ! Et là, les formes, les sueurs, les chevelures et les yeux, flottant. Et les larmes blanches, bouillantes, — ô douceurs ! — et la voix féminine arrivée au fond des volcans et des grottes arctiques... — Le pavillon...

MYSTIQUE

Sur la pente du talus, les anges tournent leurs robes de laine, dans les herbages d'acier et d'émeraude.

Des prés de flammes bondissent jusqu'au sommet du mamelon. A gauche, le terreau de l'arête est piétiné par tous les homicides et toutes les batailles, et tous les bruits désastreux filent leur courbe. Derrière l'arête de droite, la ligne des orients, des progrès.

Et, tandis que la bande, en haut du tableau, est formée de la rumeur tournante et bondissante des conques des mers et des nuits humaines,

La douceur fleurie des étoiles, et du ciel, et du reste descend en face du talus, comme un panier, contre notre face; et fait l'abîme fleurant et bleu là-dessous.

AUBE

J'ai embrassé l'aube d'été.

Rien ne bougeait encore au front des palais. L'eau était morte. Les camps d'ombres ne quittaient pas la route du bois. J'ai marché, réveillant les haleines vives et tièdes, et les pierreries regardèrent, et les ailes se levèrent sans bruit.

La première entreprise fut, dans le sentier déjà empli de frais et blêmes éclats, une fleur qui me dit son nom.

Je ris au wasserfall qui s'échevela à travers les sapins : à la cime argentée je reconnus la déesse.

Alors je levai un à un les voiles. Dans l'allée, en agitant les bras. Par la plaine, où je l'ai dénoncée au coq. A la grand'ville, elle fuyait parmi les clochers et les dômes, et, courant comme un mendiant sur les quais de marbre, je la chassais.

En haut de la route, près d'un bois de lauriers, je l'ai entourée avec ses voiles amassés, et j'ai senti un peu son immense corps. L'aube et l'enfant tombèrent au bas du bois.

Au réveil, il était midi.

FLEURS

D'un gradin d'or, — parmi les cordons de soie, les gazes grises, les velours verts et les disques de cristal qui noircissent comme du bronze au soleil, — je vois la digitale s'ouvrir sur un tapis de filigranes d'argent, d'yeux et de chevelures.

Des pièces d'or jaune semées sur l'agate, des piliers d'acajou supportant un dôme d'émeraudes, des bouquets de satin blanc et de fines verges de rubis entourent la rose d'eau.

Tels qu'un dieu aux énormes yeux bleus et aux formes de neige, la mer et le ciel attirent aux terrasses de marbre la foule des jeunes et fortes roses.

BEING BEAUTEOUS

Devant une neige, un Être de beauté de haute taille. Des sifflements de mort et des cercles de musique sourde font monter, s'élargir et trembler comme un spectre ce corps adoré; des blessures écarlates et noires éclatent dans les chairs superbes. Les couleurs propres de la vie se foncent, dansent, et se dégagent autour de la vision, sur le chantier. Et les frissons s'élèvent et grondent, et la saveur forcenée de ces effets se chargeant avec les sifflements mortels et les rauques musiques que le monde, loin derrière nous, lance sur notre mère de beauté, — elle recule, elle se dresse. Oh! nos os sont revêtus d'un nouveau corps amoureux.

O la face cendrée, l'écusson de crin, les bras de cristal! le canon sur lequel je dois m'abattre à travers la mêlée des arbres et de l'air léger!

ANTIQUE

Gracieux fils de Pan ! Autour de ton front couronné de fleurettes et de baies, tes yeux, des boules précieuses, remuent. Tachées de lies brunes, tes joues se creusent. Tes crocs luisent. Ta poitrine ressemble à une cithare, des tintements circulent dans tes bras blonds. Ton cœur bat dans ce ventre où dort le double sexe. Promène-toi, la nuit, en mouvant doucement cette cuisse, cette seconde cuisse, et cette jambe de gauche.

ROYAUTÉ

Un beau matin, chez un peuple fort doux, un homme et une femme superbes criaient sur la place publique : « Mes amis, je veux qu'elle soit reine ! » « Je veux être reine ! » Elle riait et tremblait. Il parlait aux amis de révélation, d'épreuve terminée. Ils se pâmaient l'un contre l'autre.

En effet ils furent rois toute une matinée, où les tentures carminées se relevèrent sur les maisons, et tout l'après-midi, où ils s'avancèrent du côté des jardins de palmes.

ENFANCE

I

Cette idole, yeux noirs et crin jaune, sans parents ni cour, plus noble que la fable, mexicaine et flamande ; son domaine, azur et verdure insolents, court sur des plages nommées, par des vagues sans vaisseaux, de noms férocement grecs, slaves, celtiques.

A la lisière de la forêt, — les fleurs de rêve tintent, éclatent, éclairent, — la fille à lèvre d'orange, les genoux croisés dans le clair déluge qui sourd des prés, nudité qu'ombrent, traversent et habillent les arcs-en-ciel, la flore, la mer.

Dames qui tournoient sur les terrasses voisines de la mer ; enfantes et géantes, superbes noires dans la mousse vert-de-gris, bijoux debout sur le sol gras des bosquets et des jardinets dégelés, — jeunes mères et grandes sœurs aux regards pleins de pèlerinages, sultanes, princesses de démarche et de costumes tyranniques, petites étrangères et personnes doucement malheureuses.

Quel ennui, l'heure du « cher corps » et « cher cœur » !

II

C'est elle, la petite morte, derrière les rosiers. — La jeune maman trépassée descend le perron. — La calèche du cousin crie sur le sable. — Le petit frère — (il est aux Indes !) là, devant le couchant, sur le pré d'œillets, — les vieux qu'on a enterrés tout droits dans le rempart aux giroflées.

L'essaim des feuilles d'or entoure la maison du général. Ils sont dans le midi. — On suit la route rouge pour arriver à l'auberge vide. Le château est à vendre ; les persiennes sont détachées. — Le curé aura emporté la clef de l'église. — Autour du parc, les loges des gardes sont inhabitées. Les palissades sont si hautes qu'on ne voit que les cimes bruissantes. D'ailleurs il n'y a rien à voir là dedans.

Les prés remontent aux hameaux sans coqs, sans enclumes. L'écluse est levée. O les calvaires et les moulins du désert, les îles et les meules !

Des fleurs magiques bourdonnaient. Les talus le berçaient. Des bêtes d'une élégance fabuleuse circulaient. Les nuées s'amassaient sur la haute mer faite d'une éternité de chaudes larmes.

III

Au bois il y a un oiseau, son chant vous arrête et vous fait rougir.

Il y a une horloge qui ne sonne pas.

Il y a une fondrière avec un nid de bêtes blanches.

Il y a une cathédrale qui descend et un lac qui monte.

Il y a une petite voiture abandonnée dans le taillis ou qui descend le sentier en courant, enrubannée.

Il y a une troupe de petits comédiens en costumes, aperçus sur la route à travers la lisière du bois.

Il y a enfin, quand l'on a faim et soif, quelqu'un qui vous chasse.

IV

Je suis le saint, en prière sur la terrasse, comme les bêtes pacifiques paissent jusqu'à la mer de Palestine.

Je suis le savant au fauteuil sombre. Les branches et la pluie se jettent à la croisée de la bibliothèque.

Je suis le piéton de la grand'route par les bois nains; la rumeur des écluses couvre mes pas. Je vois longtemps la mélancolique lessive d'or du couchant.

Je serais bien l'enfant abandonné sur la jetée partie à la haute mer, le petit valet suivant l'allée dont le front touche le ciel.

Les sentiers sont âpres. Les monticules se couvrent de genêts. L'air est immobile. Que les oiseaux et les sources sont loin ! Ce ne peut être que la fin du monde, en avançant.

V

Qu'on me loue enfin ce tombeau, blanchi à la chaux avec les lignes du ciment en relief, — très loin sous terre.

Je m'accoude à la table, la lampe éclaire très vivement ces journaux que je suis idiot de relire, ces livres sans intérêt.

A une distance énorme au-dessus de mon salon souterrain, les maisons s'implantent, les brumes s'assemblent. La boue est rouge ou noire. Ville monstrueuse, nuit sans fin !

Moins haut, sont des égoûts. Aux côtés, rien que l'épaisseur du globe. Peut-être les gouffres d'azur, des puits de feu ? C'est peut-être sur ces plans que se rencontrent lunes et comètes, mers et fables.

Aux heures d'amertume, je m'imagine des boules de saphir, de métal. Je suis maître du silence. Pourquoi une apparence de soupirail blêmirait-elle au coin de la voûte?

VIES

I

O les énormes avenues du pays saint, les terrasses du temple ! Qu'a-t-on fait du brahmane qui m'expliqua les Proverbes ? D'alors, de là-bas, je vois encore même les vieilles ! Je me souviens des heures d'argent et de soleil vers les fleuves, la main de la compagne sur mon épaule, et de nos caresses debout dans les plaines poivrées. — Un envol de pigeons écarlates tonne autour de ma pensée. — Exilé ici, j'ai eu une scène où jouer les chefs-d'œuvre dramatiques de toutes les littératures. Je vous indiquerais les richesses inouïes. J'observe l'histoire des trésors que vous trouvâtes. Je vois la suite ! Ma sagesse est aussi dédaignée que le chaos. Qu'est mon néant, auprès de la stupeur qui vous attend ?

II

Je suis un inventeur bien autrement méritant que tous ceux qui m'ont précédé ; un musicien même, qui ai trouvé quelque chose comme la clef de l'amour. A présent, gentilhomme d'une campagne maigre au ciel sobre, j'essaie de m'émouvoir au souvenir de l'enfance mendiante, de l'apprentissage ou de l'arrivée en sabots, des polémiques, des cinq ou six veuvages, et quelques noces où ma forte tête m'empêcha de monter au diapason des camarades. Je ne regrette pas ma vieille part de gaîté divine : l'air sobre de cette aigre campagne alimente fort activement mon atroce scepticisme. Mais comme ce scepticisme ne peut désormais être mis en œuvre, et que, d'ailleurs, je suis dévoué à un trouble nouveau, — j'attends de devenir un très méchant fou.

III

Dans un grenier, où je fus enfermé à douze ans, j'ai connu le monde, j'ai illustré la comédie humaine. Dans un cellier j'ai appris l'histoire. A quelque fête de nuit, dans une cité du Nord, j'ai rencontré toutes les femmes des anciens peintres. Dans un vieux passage à Paris on m'a enseigné les sciences classiques. Dans une magnifique demeure cernée par l'Orient entier, j'ai accompli mon immense œuvre et passé mon illustre retraite. J'ai brassé mon sang. Mon devoir m'est remis. Il ne faut même plus songer à cela. Je suis réellement d'outre-tombe, et pas de commissions.

ORNIÈRES

A droite l'aube d'été éveille les feuilles et les vapeurs et les bruits de ce coin du parc, et les talus de gauche tiennent dans leur ombre violette les mille rapides ornières de la route humide. Défilé de féeries. En effet : des chars chargés d'animaux de bois doré, de mâts et de toiles bariolées, au grand galop de vingt chevaux de cirque tachetés, et les enfants, et les hommes, sur leurs bêtes les plus étonnantes ; — vingt véhicules, bossés, pavoisés et fleuris comme des Carrosses anciens ou de Contes, pleins d'enfants attifés pour une pastorale suburbaine. — Même des cercueils sous leur dais de nuit dressant les panaches d'ébène, filant au trot des grandes juments bleues et noires.

MARINE

Les chars d'argent et de cuivre,
Les proues d'acier et d'argent,
Battent l'écume,
Soulèvent les souches des ronces.
Les courants de la lande,
Et les ornières immenses du reflux,
Filent circulairement vers l'est,
Vers les piliers de la forêt,
Vers les fûts de la jetée,
Dont l'angle est heurté par des tourbillons de lumière.

La cascade sonne derrière les huttes d'opéra-comique. Des girandoles se prolongent, dans les vergers et les allées voisins du méandre, — les verts et les rouges du couchant. Nymphes d'Horace coiffées au Premier Empire, — Rondes sibériennes, Chinoises de Boucher.

MOUVEMENT

Le mouvement de lacet sur la berge des chutes du fleuve,
Le gouffre à l'étambot,
La célérité de la rampe,
L'énorme passade du courant
Mènent par les lumières iouïes
Et la nouveauté chimique
Les voyageurs entourés des trombes du val
Et du strom.

Ce sont les conquérants du monde
Cherchant la fortune chimique personnelle ;
Le sport et le confort voyagent avec eux ;
Ils emmènent l'éducation
Des races, des classes et des bêtes, sur ce vaisseau
Repos et vertige
A la lumière diluvienne,
Aux terribles soirs d'étude.

Car de la causerie parmi les appareils, le sang, les
Des comptes agités à ce bord fuyard, [*fleurs, le feu,*
[*les bijoux,*
— On voit, roulant comme une digue au delà de la
[*route hydraulique motrice,*
Monstrueux, s'éclairant sans fin, — leur stock d'études;
Eux chassés dans l'extase harmonique,
Et l'héroïsme de la découverte.

Aux accidents atmosphériques les plus surprenants,
Un couple de jeunesse, s'isole sur l'arche,
— Est-ce ancienne sauvagerie qu'on pardonne? —
Et chante et se poste.

VILLES

Ce sont des villes ! C'est un peuple pour qui se sont montés ces Alleghanys et ces Libans de rêve ! Des chalets de cristal et de bois qui se meuvent sur des rails et des poulies invisibles. Les vieux cratères ceints de colosses et de palmiers de cuivre rugissent mélodieusement dans les feux. Des fêtes amoureuses sonnent sur les canaux pendus derrière les chalets. La chasse des carillons crie dans les gorges. Des corporations de chanteurs géants accourent dans des vêtements et des oriflammes éclatants comme la lumière des cimes. Sur les plates-formes au milieu des gouffres, les Rolands sonnent leur bravoure. Sur les passerelles de l'abîme et les toits des auberges l'ardeur du ciel pavoise les mâts. L'écroulement des apothéoses rejoint les champs des hauteurs où les centauresses séraphiques évoluent parmi les avalanches. Au-dessus du niveau des plus hautes crêtes, une mer troublée par la naissance éternelle de Vénus, chargée de flottes orphéoniques et de la rumeur des perles et des conques précieuses, la mer s'assombrit parfois avec des éclats mortels. Sur les versants, des moissons de fleurs grandes comme nos armes et nos coupes, mugissent. Des cortèges de Mabs en robes rousses, opalines, montent des ravines. Là-haut, les pieds dans la cascade et les ronces, les cerfs tètent Diane. Les Bacchantes des banlieues sanglotent et la lune brûle et hurle. Vénus entre dans les cavernes des forgerons et des ermites. Des groupes de beffrois chantent les idées des peuples. Des châteaux bâtis en os sort la musique inconnue. Toutes les légendes évoluent et les élans se ruent dans les bourgs. Le paradis des orages s'effondre. Les sauvages dansent sans cesse la Fête de la Nuit. Et, une heure, je suis descendu dans le mouvement d'un boulevard de Bagdad où des compagnies ont chanté la joie du travail nouveau, sous une brise épaisse, circulant sans pouvoir éluder les fabuleux fantômes des monts où l'on a dû se retrouver.

Quels bons bras, quelle belle heure me rendront cette région d'où viennent mes sommeils et mes moindres mouvements ?

VILLES

L'acropole officielle entre les conceptions de la barbarie moderne les plus colossales ; impossible d'exprimer le jour mat produit par le ciel, immuablement gris, l'éclat impérial des bâtisses, et la neige éternelle du sol. On a reproduit, dans un goût d'énormité singulier, toutes les merveilles classiques de l'architecture, et j'assiste à des expositions de peinture dans des locaux vingt fois plus vastes qu'Hampton-Court. Quelle peinture ! Un Nabuchodonosor norwégien a fait construire les escaliers des ministères ; les subalternes que j'ai pu voir sont déjà plus fiers que des Brennus, et j'ai tremblé à l'aspect des gardiens de colosses et officiers de construction. Par le groupement des bâtiments en squares, cours et terrasses fermées, en a enivré les cochers. Les parcs représentent la nature primitive travaillée par un art superbe, le haut quartier a des parties inex-

3.

plicables : un bras de mer, sans bateaux, roule sa nappe de grésil bleu entre des quais chargés de candélabres géants. Un pont court conduit à une poterne immédiatement sous le dôme de la Sainte-Chapelle. Ce dôme est une armature d'acier artistique de quinze mille pieds de diamètre environ.

Sur quelques points des passerelles de cuivre, des plates-formes, des escaliers qui contournent les halles et les piliers, j'ai cru pouvoir juger la profondeur de la ville ! C'est le prodige dont je n'ai pu me rendre compte : quels sont les niveaux des autres quartiers sur ou sous l'acropole? Pour l'étranger de notre temps la reconnaissance est impossible. Le quartier commerçant est un circus d'un seul style, avec galeries à arcades. On ne voit pas de boutiques, mais la neige de la chaussée est écrasée ; quelques nababs, aussi rares que les promeneurs d'un matin de dimanche à Londres, se dirigent vers une diligence de diamants. Quelques divans de velours rouge : on sert des boissons polaires dont le prix varie de huit cents à huit mille roupies. A l'idée de chercher des théâtres sur ce circus, je me réponds que les boutiques doivent contenir des drames assez sombres. Je pense qu'il y a une police ; mais la loi doit être tellement étrange, que je renonce à me faire une idée des aventuriers d'ici.

Le faubourg, aussi élégant qu'une belle rue de Paris, est favorisé d'un air de lumière, l'élément démocratique compte quelque cent âmes. Là encore, les maisons ne se suivent pas ; le faubourg se perd bizarrement dans la campagne, le « Comté » qui remplit l'occident éternel des forêts et des plantations prodigieuses où les gentilshommes sauvages chassent leurs chroniques sous la lumière qu'on a créée.

MÉTROPOLITAIN

Du détroit d'indigo aux mers d'Ossian, sur le sable rose et orange qu'a lavé le ciel vineux, viennent de monter et de se croiser des boulevards de cristal habités incontinent par de jeunes familles pauvres qui s'alimentent chez les fruitiers. Rien de riche. — La ville.

Du désert de bitume fuient droit, en déroute avec les nappes de brumes échelonnées en bandes affreuses au ciel qui se recourbe, se recule et descend formé de la plus sinistre fumée noire que puisse faire l'Océan en deuil, les casques, les roues, les barques, les croupes. — La bataille !

Lève la tête : ce pont de bois, arqué ; ces derniers potagers ; ces masques enluminés sous la lanterne fouettée par la nuit froide ; l'ondine niaise à la robe bruyante, au bas de la rivière ; ces crânes lumineux dans les plants de pois, — et les autres fantasmagories. — La campagne.

Ces routes bordées de grilles et de murs, contenant à peine leurs bosquets, et les atroces fleurs qu'on appellerait cœurs et sœurs, damas damnant de langueur, — possessions de féeriques aristocraties ultra-rhénanes, Japonaises, Guaranies, propres encore à recevoir la musique des anciens — et il y a des auberges qui, pour toujours, n'ouvrent déjà plus ; — il y a des princesses, et si tu n'es pas trop accablé, l'étude des astres. — Le ciel.

Le matin où, avec Elle, vous vous débattîtes parmi ces éclats de neige, ces lèvres vertes, ces glaces, ces drapeaux noirs et ces rayons bleus, et ces parfums pourpres du soleil des pôles. — Ta force.

PROMONTOIRE

L'aube d'or et la soirée frissonnante trouvent notre brick au large en face de cette villa et de ses dépendances qui forment un promontoire aussi étendu que l'Epire et le Péloponèse, ou que la grande île du Japon, ou que l'Arabie! Des fanums qu'éclaire la rentrée des théories ; d'immenses vues de la défense des côtes modernes ; des dunes illustrées de chaudes fleurs et de bacchanales ! de grands canaux de Carthage et des embankments d'une Venise louche ; de molles éruptions d'Etnas et des crevasses de fleurs et d'eaux. Des glaciers, des lavoirs entourés de peupliers d'Allemagne, des talus de parcs singuliers ; et les façades circulaires des « Royal » ou des « Grand » de quelque Brooklin ; et leurs railways flanquent, creusent, surplombent les dispositions de cet hôtel, choisies dans l'histoire des plus élégantes et des plus colossales constructions de l'Italie, de l'Amérique et de l'Asie, dont les fenêtres et les terrasses, à présent pleines d'éclairages, de boissons et de brises riches, sont ouvertes à l'esprit des voyageurs et des nobles, qui permettent aux heures du jour, à toutes les tarentelles illustres de l'art de décorer merveilleusement les façades de Palais Promontoire.

SCÈNES

L'ancienne Comédie poursuit ses accords et divise ses idylles :

Des boulevards de tréteaux.

Un long pier en bois d'un bout à l'autre d'un champ rocailleux où la foule barbare évolue sous les arbres dépouillés.

Dans des corridors de gaze noire, suivant le pas des promeneurs aux lanternes et aux feuilles.

Des oiseaux comédiens s'abattent sur un ponton de maçonnerie mu par l'archipel couvert des embarcations des spectateurs.

Des scènes lyriques, accompagnées de flûte et de tambour, s'inclinent dans des réduits ménagés sur les plafonds autour des salons de clubs modernes ou des salles de l'Orient ancien.

La féerie manœuvre au sommet d'un amphithéâtre couronné de taillis, — ou s'agite et module pour les

Béotiens, dans l'ombre des futaies mouvantes, sur l'arête des cultures.

L'opéra-comique se divise sur notre scène à l'arête d'intersection de dix cloisons dressées de la galerie aux feux.

PARADE

Des drôles très solides. Plusieurs ont exploité vos mondes. Sans besoins, et peu pressés de mettre en œuvre leurs brillantes facultés et leur expérience de vos consciences. Quels hommes mûrs! Des yeux hébétés à la façon de la nuit d'été, rouges et noirs, tricolorés, d'acier piqué d'étoiles d'or; des facies déformés, plombés, blêmis, incendiés; des enrouements folâtres! La démarche cruelle des oripeaux! — Il y a quelques jeunes, — comment regarderaient-ils Chérubin? — pourvus de voix effrayantes et de quelques ressources dangereuses. On les envoie prendre du dos en ville, affublés d'un *luxe* dégoûtant.

O le plus violent Paradis de la grimace enragée! Pas de comparaison avec vos Fakirs et les autres bouffonneries scéniques. Dans des costumes improvisés, avec le goût du mauvais rêve, ils jouent des complaintes, des tragédies de malandrins et de demi-dieux spirituels comme l'histoire ou les religions ne l'ont jamais été. Chinois, Hottentots, bohémiens, niais, hyènes, Molochs, vieilles démences, démons sinistres, ils mêlent les tours populaires, maternels, avec les poses et les tendresses bestiales. Ils interpréteraient des pièces nouvelles et des chansons « bonnes filles ». Maîtres jongleurs, ils transforment le lieu et les personnes et usent de la comédie magnétique. Les yeux flambent, le sang chante, les os s'élargissent, les larmes et des filets rouges ruissellent. Leur raillerie ou leur terreur dure une minute, ou des mois entiers.

J'ai seul la clef de cette parade sauvage.

VILLE

Je suis un éphémère et point trop mécontent citoyen d'une métropole crue moderne, parce que tout goût connu a été éludé dans les ameublements et l'extérieur des maisons aussi bien que dans le plan de la ville. Ici vous ne signaleriez les traces d'aucun monument de superstition. La morale et la langue sont réduites à leur plus simple expression, enfin! Ces millions de gens qui n'ont pas besoin de se connaître amènent si pareillement l'éducation, le métier et la vieillesse, que ce cours de vie doit être plusieurs fois moins long que ce qu'une statistique folle trouve pour les peuples du Continent. Aussi comme, de ma fenêtre, je vois des spectres nouveaux roulant à travers l'épaisse et éternelle fumée de charbon, — notre ombre des bois, notre nuit d'été! — des Erynnies nouvelles, devant mon cottage qui est ma patrie et tout mon cœur puisque tout ici ressemble à ceci — la Mort sans pleurs, notre active fille et servante, un Amour désespéré et un joli Crime piaulant dans la boue de la rue.

DÉPART

Assez vu. La vision s'est rencontrée à tous les airs.

Assez eu. Rumeurs des villes, le soir, et au soleil, et toujours.

Assez connu. Les arrêts de la vie. — O Rumeurs et Visions!

Départ dans l'affection et le bruit neufs!

A UNE RAISON

Un coup de ton doigt sur le tambour décharge tous les sons et commence la nouvelle harmonie.

Un pas de toi, c'est la levée des nouveaux hommes et leur en-marche.

Ta tête se détourne : le nouvel amour ! Ta tête se retourne : le nouvel amour !

« Change nos lots, crible les fléaux, à commencer par le temps, » te chantent ces enfants. « Elève n'importe où la substance de nos fortunes et de nos vœux, » on t'en prie.

Arrivée de toujours, tu t'en iras partout.

H

Toutes les monstruosités violent les gestes atroces d'Hortense. Sa solitude est la mécanique érotique ; sa lassitude, la dynamique amoureuse. Sous la surveillance d'une enfance, elle a été, à des époques nombreuses, l'ardente hygiène des races. Sa porte est ouverte à la misère. Là, la moralité des êtres actuels se décorpore en sa passion ou en son action. — O terrible frisson des amours novices sur le sol sanglant et par l'hydrogène clarteux ! trouvez Hortense.

ANGOISSE

Se peut-il qu'Elle me fasse pardonner les ambitions continuellement écrasées, — qu'une fin aisée répare les âges d'indigence, — qu'un jour de succès nous endorme sur la honte de notre inhabileté fatale?

(O palmes! diamant! — Amour, force! — plus haut que toutes joies et gloires! — de toutes façons, partout, — démon, dieu, — jeunesse de cet être-ci : moi!)

Que les accidents de féerie scientifique et des mouvements de fraternité sociale soient chéris comme restitution progressive de la franchise première?...

Mais la Vampire qui nous rend gentils commande que nous nous amusions avec ce qu'elle nous laisse, ou qu'autrement nous soyons plus drôles.

Rouler aux blessures, par l'air lassant et la mer;

aux supplices, par le silence des eaux et de l'air meurtriers; aux tortures qui rient, dans leur silence atrocement houleux.

BOTTOM

La réalité étant trop épineuse pour mon grand caractère, — je me trouvai néanmoins chez ma dame, en gros oiseau gris bleu s'essorant vers les moulures du plafond et traînant l'aile dans les ombres de la soirée.

Je fus au pied du baldaquin supportant ses bijoux adorés et ses chefs-d'œuvre physiques, un gros ours aux gencives violettes et au poil chenu de chagrin, les yeux aux cristaux et aux argents des consoles.

Tout se fit ombre et aquarium ardent. Au matin, — aube de juin batailleuse, — je courus aux champs, âne, claironnant et brandissant mon grief, jusqu'à ce que les Sabines de la banlieue vinrent se jeter à mon poitrail.

VEILLÉES

I

C'est le repos éclairé, ni fièvre ni langueur, sur le lit ou sur le pré.

C'est l'ami ni ardent ni faible. L'ami.

C'est l'aimée ni tourmentante ni tourmentée. L'aimée.

L'air et le monde point cherchés. La vie.

— Était-ce donc ceci?

— Et le rêve fraîchit.

II

L'éclairage revient à l'arbre de bâtisse. Des deux extrémités de la salle, décors quelconques, des élévations harmoniques se joignent. La muraille en face du veilleur est une succession psychologique de coupes, de frises, de bandes atmosphériques et d'accidents géologiques. — Rêve intense et rapide de groupes sentimentaux avec des êtres de tous les caractères parmi toutes les apparences.

III

Les lampes et les tapis de la veillée font le bruit des vagues, la nuit, le long de la coque et autour du steerage.

La mer de la veillée, telle que les seins d'Amélie.

Les tapisseries, jusqu'à mi-hauteur, des taillis de dentelle, teinte d'émeraude, où se jettent les tourterelles de la veillée . . . .

La plaque du foyer noir, de réels soleils des grèves : ah! puits des magies; seule vue d'aurore, cette fois.

NOCTURNE VULGAIRE

Un souffle ouvre des brèches opéradiques dans les cloisons, — brouille le pivotement des toits rongés, — disperse les limites des foyers, — éclipse les croisées. Le long de la vigne, m'étant appuyé du pied à une gargouille, — je suis descendu dans ce carrosse dont l'époque est assez indiquée par les glaces convexes, les panneaux bombés et les sophas contournés. Corbillard de mon sommeil, isolé, maison de berger de ma niaiserie, le véhicule vire sur le gazon de la grande route effacée : et dans un défaut en haut de la glace de droite tournaient les blêmes figures lunaires, feuilles, seins.

— Un vert et un bleu très foncés envahissent l'image. Dételage aux environs d'un tache de gravier.

— Ici va-t-on siffler pour l'orage, et les Sodomes et les Solymes. Et les bêtes féroces et les armées,

(— Postillon et bêtes de songe, reprendront-ils sous les plus suffocantes futaies, pour m'enfoncer jusqu'aux yeux dans la source de soie?)

— Et nous envoyer fouetter à travers les eaux clapotantes et les boissons répandues rouler sur l'aboi des dogues.

— Un souffle disperse les limites du foyer.

MATINÉE D'IVRESSE

O *mon* Bien! O *mon* Beau! Fanfare atroce où je ne trébuche point! Chevalet féerique! Hourra pour l'œuvre inouïe et pour le corps merveilleux, pour la première fois! Cela commença sous les rires des enfants, cela finira par eux. Ce poison va rester dans toutes nos veines même quand, la fanfare tournant, nous serons rendu à l'ancienne inharmonie. O maintenant, nous si digne de ces tortures! rassemblons fervemment cette promesse surhumaine faite à notre corps et à notre âme créés : cette promesse, cette démence! L'élégance, la science, la violence! On nous a promis d'enterrer dans l'ombre l'arbre du bien et du mal, de déporter les honnêtetés tyranniques, afin que nous amenions notre très pur amour. Cela commença par quelques dégoûts et cela finit, — ne pouvant nous saisir sur-le-champ de cette éternité, — cela finit par une débandade de parfums.

Rire des enfants, discrétions des esclaves, austérité des vierges, horreur des figures et des objets d'ici, sacrés soyez-vous par le souvenir de cette veille. Cela commençait par toute la rustrerie, voici que cela finit par des anges de flamme et de glace.

Petite veille d'ivresse, sainte! quand ce ne serait que pour le masque dont tu nous as gratifié. Nous t'affirmons, méthode! Nous n'oublions pas que tu as glorifié hier chacun de nos âges. Nous avons foi au poison. Nous savons donner notre vie tout entière tous les jours.

Voici le temps des ASSASSINS.

PHRASES

Quand le monde sera réduit en un seul bois noir pour nos quatre yeux étonnés, — en une plage pour deux enfants fidèles, — en une maison musicale pour notre claire sympathie, — je vous trouverai.

Qu'il n'y ait ici-bas qu'un vieillard seul, calme et beau, entouré d'un luxe inouï, et je suis à vos genoux.

Que j'aie réalisé tous vos souvenirs, — que je sois celle qui sais vous garrotter, — je vous étoufferai.

Quand nous sommes très forts, — qui recule? très gais, — qui tombe de ridicule? Quand nous sommes très méchants, — que ferait-on de nous?

Parez-vous, dansez, riez. Je ne pourrai jamais envoyer l'Amour par la fenêtre.

Ma camarade, mendiante, enfant monstre! comme ça t'est égal, ces malheureuses et ces manœuvres, et mes embarras. Attache-toi à nous avec ta voix impossible, ta voix! unique flatteur de ce vil désespoir.

Une matinée couverte, en Juillet. Un goût de cendres vole dans l'air; — une odeur de bois suant dans l'âtre, — les fleurs rouies, — le saccage des promenades, — la bruine des canaux par les champs, — pourquoi pas déjà les joujoux et l'encens?

J'ai tendu des cordes de clocher à clocher; des guirlandes de fenêtre à fenêtre; des chaînes d'or d'étoile à étoile, et je danse.

Le haut étang fume continuellement. Quelle sorcière va se dresser sur le couchant blanc? Quelles violettes frondaisons vont descendre?

Pendant que les fonds publics s'écoulent en fêtes de fraternité, il sonne une cloche de feu rose dans les nuages.

Avivant un agréable goût d'encre de Chine, une poudre noire pleut doucement sur ma veillée. — Je baisse les feux du lustre, je me jette sur le lit, et, tourné du côté de l'ombre, je vous vois, mes filles! mes reines!

CONTE

Un prince était vexé de ne s'être employé jamais qu'à la perfection des générosités vulgaires. Il prévoyait d'étonnantes révolutions de l'amour, et soupçonnait ses femmes de pouvoir mieux que cette complaisance agrémentée de ciel et de luxe. Il voulait voir la vérité, l'heure du désir et de la satisfaction essentiels. Que ce fût ou non une aberration de piété, il voulut. Il possédait au moins un assez large pouvoir humain.

Toutes les femmes qui l'avaient connu furent assassinées. Quel saccage du jardin de la beauté! Sous le sabre, elles le bénirent. Il n'en commanda point de nouvelles. — Les femmes réapparurent.

Il tua tous ceux qui le suivaient, après la chasse ou les libations. — Tous le suivaient.

Il s'amusa à égorger les bêtes de luxe. Il fit flamber les palais. Il se ruait sur les gens et les taillait en pièces. La foule, les toits d'or, les belles bêtes existaient encore.

Peut-on s'extasier dans la destruction, se rajeunir par la cruauté! Le peuple ne murmura pas. Personne n'offrit le concours de ses vues.

Un soir il galopait fièrement. Un Génie apparut, d'une beauté ineffable, inavouable même. De sa physionomie et de son maintien ressortait la promesse d'un amour multiple et complexe! d'un bonheur indicible, insupportable même! Le Prince et le Génie s'anéantirent probablement dans la santé essentielle. Comment n'auraient-ils pas pu en mourir? Ensemble donc ils moururent.

Mais ce Prince décéda, dans son palais à un âge ordinaire. Le prince était le Génie. Le Génie était le Prince. — La musique savante manque à notre désir.

HONTE

Tant que la lame n'aura
Pas coupé cette cervelle,
Ce paquet blanc, vert et gras.
A vapeur jamais nouvelle,

(Ah! Lui, devrait couper son
Nez, sa lèvre, ses oreilles,
Son ventre! et faire abandon
De ses jambes! ô merveille!)

Mais, non; vrai, je crois que tant
Que pour sa tête la lame,
Que les cailloux pour son flanc,
Que pour ses boyaux la flamme,

N'auront pas agi, l'enfant
Gêneur, la si sotte bête,
Ne doit cesser un instant
De ruser et d'être traître,

Comme un chat des Monts-Rocheux,
D'empuantir toutes sphères!
Qu'à sa mort pourtant, ô mon Dieu!
S'élève quelque prière!

VAGABONDS

Pitoyable frère ! Que d'atroces veillées je lui dus ! « Je ne me saisissais pas fermement de cette entreprise. Je m'étais joué de son infirmité. Par ma faute nous retournerions en exil, en esclavage. » Il me supposait un guignon et une innocence très bizarres, et il ajoutait des raisons inquiétantes.

Je répondais en ricanant à ce satanique docteur, et finissais par gagner la fenêtre. Je créais, par delà la campagne traversée par des bandes de musique rare, les fantômes du futur luxe nocturne.

Après cette distraction vaguement hygiénique, je m'étendais sur une paillasse. Et, presque chaque nuit, aussitôt endormi, le pauvre frère se levait, la bouche pourrie, les yeux arrachés, — tel qu'il se rêvait ! — et me tirait dans la salle en hurlant son songe de chagrin idiot.

J'avais en effet, en toute sincérité d'esprit, pris

l'engagement de le rendre à son état primitif de fils du Soleil, — et nous errions, nourris du vin des Palermes et du biscuit de la route, moi pressé de trouver le lieu et la formule.

Nous sommes tes grands parents.
Les grands,
Couverts des froides sueurs
De la terre et des verdures.
Nos vins secs avaient du cœur.
Au soleil sans imposture
Que faut-il à l'homme? Boire...

Moi. — *Mourir aux fleuves barbares.*

Nous sommes tes grands parents
Des champs...
L'eau est au fond des osiers...
Vois le courant du fossé
Autour du château mouillé...
Descendons dans nos celliers :
Après le cidre, ou le lait...

Moi. — *Aller où boivent les vaches.*

Nous sommes tes grands parents :
Tiens, prends
Les liqueurs dans nos armoires.
Le thé, le café, si rares,
Frémissent dans les bouilloires.
Vois les images ; les fleurs :
Nous entrons du cimetière...

Moi. — *Ah ! tarir toutes les urnes.*

Éternelles Ondines,
Divisez l'eau fine ;
Vénus, sœur de l'azur,
Émeus le flot pur.

Juifs errants de Norwège,
Dites-moi la neige ;
Anciens exilés chers,
Dites-moi la mer...

6.

— Non, plus ces boissons pures,
Ces fleurs d'eau pour verres ;
Légendes ni figures
Ne me désaltèrent ;
Chansonnier, ta filleule
C'est ma soif si folle ;
Hydre intime, sans gueule,
Qui mine et désole !

Viens ! les vins sont aux plages,
Et les flots, par millions !
Vois le bitter sauvage
Rouler du haut des monts ;

Gagnons, pèlerins sages,
L'absinthe aux verts piliers...

Moi. — *Plus ces paysages.*
Qu'est l'ivresse, amis ?

J'aime autant, mieux, même,
Pourrir dans l'étang,
Sous l'affreuse crème,
Près des bois flottants.

Peut-être un soir m'attend
Où je boirai tranquille
En quelque bonne ville,
Et mourrai ... ontent
Puisque je s...tent.

Si mon mal se résigne,
Si jamais j'ai quelque or,
Choisirai-je le Nord
Ou les pays des vignes ?...
Ah ! songer est indigne,

Puisque c'est pure perte ;
Et si je redeviens
Le voyageur ancien
Jamais l'auberge verte
Ne peut bien m'être ouverte.

Les pigeons qui tremblent dans la prairie;
Le gibier qui court et qui voit la nuit ;
Les bêtes des eaux, la bête asservie ;
Les derniers papillons ; ont soif aussi.

Mais fondre où fond ce nuage sans guide...
Oh ! favorisé de ce qui soit frais,
Expirer en ces violettes humides
Dont les aurores chargent ces forêts.

CHANSON DE LA PLUS HAUTE TOUR

Oisive jeunesse
A tout asservie
Par délicatesse
J'ai perdu ma vie.
Ah ! que le temps vienne
Où les cœurs s'éprennent !

Je me suis dit : Laisse,
Et qu'on ne te voie.
Et sans la promesse
De plus hautes joies.
Que rien ne t'arrête,
Auguste retraite.

O mille veuvages
De la si pauvre âme
Qui n'a que l'image
De la Notre-Dame :
Est-ce que l'on prie
La vierge Marie ?

J'ai tant fait patience
Qu'à jamais j'oublie.
Craintes et souffrances
Aux cieux sont parties
Et la soif malsaine
Obscurcit mes veines.

Ainsi la prairie
A l'oubli livrée ;
Grandie et fleurie
D'encens et d'ivraies ;
Au bourdon farouche
De cent sales mouches.

Oisive jeunesse
A tout asservie,
Par délicatesse
J'ai perdu ma vie.
Ah ! que le temps vienne
Où les cœurs s'éprennent !

OUVRIERS

O cette chaude matinée de février! Le Sud inopportun vint relever nos souvenirs d'indigents absurdes, notre jeune misère.

Henrika avait une jupe de coton à carreaux blanc et brun, qui a dû être porté au siècle dernier, un bonnet à rubans, et un foulard de soie. C'était bien plus triste qu'un deuil. Nous faisions un tour dans la banlieue. Le temps était couvert et ce vent du Sud excitait toutes les vilaines odeurs des jardins ravagés et des prés desséchés.

Cela ne devait pas fatiguer une femme au même point que moi. Dans une flache laissée par l'inondation du mois précédent à un sentier assez haut, elle me fit remarquer de très petits poissons.

La ville avec sa fumée et ses bruits de métiers, nous suivait très loin dans les chemins. O l'autre monde, l'habitation bénie par le ciel, et les ombrages!

Le Sud me rappelait les misérables incidents de mon enfance, mes désespoirs d'été, l'horrible quantité de force et de science que le sort a toujours éloignée de moi. Non! nous ne passerons pas l'été dans cet avare pays où nous ne serons jamais que des orphelins fiancés. Je veux que ce bras durci ne traîne plus une chère image.

Des ciels gris de cristal. Un bizarre dessin de ponts, ceux-ci droits, ceux-là bouclés, d'autres descendant en obliquant en angles sur les premiers, et ces figures se renouvelant dans les autres circuits éclairés du canal, mais tous tellement longs et légers que les rives, chargées de dômes, s'abaissent et s'amoindrissent. Quelques-uns de ces ponts sont encore chargés de masures. D'autres soutiennent des mâts, des signaux, de frêles parapets. Des accords mineurs se croisent, et filent, des cordes montent des berges. On distingue une veste rouge, peut-être d'autres costumes et des instruments de musique. Sont-ce des airs populaires, des bouts de concerts seigneuriaux, des restants d'hymnes publics? L'eau est grise et bleue, large comme un bras de mer. Un rayon blanc, tombant du haut du ciel, anéantit cette comédie.

O saisons, ô châteaux,
Quelle âme est sans défauts ?

O saisons, ô châteaux !

J'ai fait la magique étude
Du bonheur, que nul n'élude.

O vive lui, chaque fois,
Que chante le coq gaulois.

Mais je n'aurais plus d'envie,
Il s'est chargé de ma vie.

Ce charme! il prit âme et corps,
Et dispersa tous efforts.

Que comprendre à ma parole?
Il fait qu'elle fuie et vole.

O saisons, ô châteaux!

BRUXELLES

Juillet. Boulevart du Régent.

Plates-bandes d'amarantes jusqu'à
L'agréable palais de Jupiter.
— Je sais que c'est Toi qui, dans ces lieux,
Mêles ton Bleu presque de Sahara !

Puis, comme rose et sapin du soleil
Et liane ont ici leurs jeux enclos,
Cage de la petite veuve !...
Quelles
Troupes d'oiseaux, ô ia io, ia io !...

— Calmes maisons, anciennes passions !
Kiosque de la Folle par affection,
Après les fesses des rosiers, balcon
Ombreux et très bas de la Juliette.

— La Juliette, ça rappelle l'Henriette,
Charmante station du chemin de fer,
Au cœur d'un mont, comme au fond d'un verger
Où mille diables bleus dansent dans l'air !

Banc vert où chante au paradis d'orage,
Sur la guitare, la blanche Irlandaise,
Puis, de la salle à manger guyanaise,
Bavardage des enfants et des cages.

Fenêtre du duc qui fais que je pense
Au poison des escargots et du buis
Qui dort ici-bas au soleil.
Et puis
C'est trop beau ! trop ! Gardons notre silence.

— Boulevard sans mouvement ni commerce,
Muet, tout drame et toute comédie,
Réunion des scènes infinie,
Je te connais et t'admire en silence.

AGE D'OR

Quelqu'une des voix
— Est-elle angélique! —
Il s'agit de moi,
Vertement s'explique :

Ces mille questions
Qui se ramifient
N'amènent, au fond.
Qu'ivresse et folie.

Reconnais ce tour
Terque quaterque *Si gai, si facile;*
C'est tout onde et flore :
Et c'est ta famille!

Et puis une voix,
— Est-elle angélique ! —
Il s'agit de moi,
Vertement s'explique ;

Et chante à l'instant,
En sœur des haleines ;
D'un ton allemand,
Mais ardente et pleine :

Le monde est vicieux,
Tu dis ? tu t'étonnes ?
Vis ! et laisse au feu
L'obscure infortune...

Pluries {
O joli château !
Que ta vie est claire.
De quel Age es-tu,
Nature princière
De notre grand frère ?
}

Je chante aussi, moi!
Multiples sœurs; voix
Indesinenter { *Pas du tout publiques,*
De gloire pudique
Environnez-moi.

ÉTERNITÉ

Elle est retrouvée,
Quoi ? L'éternité.
C'est la mer allée
Avec le soleil.

Ame sentinelle,
Murmurons l'aveu
De la nuit si nulle
Et du jour en feu.

Des humains suffrages,
Des communs élans,
Donc tu te dégages :
Tu voles selon...

Jamais l'espérance ;
*Pas d'*orietur.
Science avec patience...
Le supplice est sûr.

De votre ardeur seule.
Braises de satin,
Le devoir s'exhale
Sans qu'on dise : enfin.

Elle est retrouvée.
Quoi? L'éternité.
C'est la mer allée
Avec le soleil.

La rivière de cassis roule ignorée,
A des vaux étranges.
La voix de cent corbeaux l'accompagne vraie
Et bonne voix d'anges.
Avec les grands mouvements des sapinaies
Où plusieurs vents plongent.

Tout roule avec des mystères révoltants
De campagnes, d'anciens temps,
De donjons visités, de parcs importants ;
C'est en ces bords que l'on entend
Les passions mortes des chevaliers errants.
Mais que salubre est le vent.

Que le piéton regarde à ces claires-voies,
Il ira plus courageux,
Soldats des forêts que le Seigneur envoie,
Chers corbeaux délicieux,
Faites fuir d'ici le paysan matois,
Qui trinque d'un moignon vieux.

Loin des oiseaux, des troupeaux, des villageoises,
Je buvais à genoux dans quelque bruyère
Entourée de tendres bois de noisetiers,
Par un brouillard d'après-midi tiède et vert.

Que pouvais-je boire dans cette jeune Oise,
Ormeaux sans voix, gazon sans fleurs, ciel couvert,
Boire à ces gourdes vertes, loin de ma case
Claire, quelque liqueur d'or qui fait suer ?

Effet mauvais pour une enseigne d'auberge.
Puis l'orage changea le ciel jusqu'au soir :
Ce furent des pays noirs, des perches,
Des colonnades sous la nuit bleue, des gares.

L'eau des bois se perdait sur les sables vierges,
Le vent de Dieu jetait des glaçons aux mares,
Et, tel qu'un pêcheur d'or et de coquillages,
Dire que je n'ai pas eu souci de boire !

MICHEL ET CHRISTINE

Zut, alors, si le soleil quitte ces bords !
Fuis, clair déluge ! Voici l'ombre des routes.
Dans les saules, dans la vieille cour d'honneur,
L'orage d'abord jette ses larges gouttes.

O cent agneaux, de l'idylle soldats blonds,
Des aqueducs, des bruyères amaigries,
Fuyez ! plaine, déserts, prairie, horizons
Sont à la toilette rouge de l'orage !

Chien noir, brun pasteur dont le manteau s'engouffre
Fuyez l'heure des éclairs supérieurs ;
Blond troupeau, quand voici nager ombre et soufre,
Tâchez de descendre à des retraits meilleurs.

Mais moi, Seigneur! voici que mon esprit vole.
Après les cieux glacés de rouge, sous les
Nuages célestes qui courent et volent
Sur cent Solognes longues comme un railway.

Voilà mille loups, mille graines sauvages
Qu'emporte, non sans aimer les liserons,
Cette religieuse après-midi d'orage
Sur l'Europe ancienne où cent hordes iront!

Après, le clair de lune! partout la lande,
Rougis et leurs fronts aux cieux noirs, les guerriers
Chevauchent lentement leurs pâles coursiers!
Les cailloux sonnent sous cette fière bande!

— Et verrai-je le bois jaune et le val clair,
L'Épouse aux yeux bleus, l'homme au front rouge, ô Gaule,
Et le blanc Agneau pascal, à leurs pieds chers,
— Michel et Christine, — et Christ! — fin de l'Idylle.

DÉVOTION

A ma sœur Louise Vanaen de Voringhem : — Sa cornette bleue tournée à la mer du Nord. — Pour les naufragés.

A ma sœur Léonie Aubois d'Ashby. Baou — l'herbe d'été bourdonnante et puante. — Pour la fièvre des mères et des enfants.

A Lulu, — démon — qui a conservé un goût pour les oratoires du temps des Amies et de son éducation incomplète. Pour les hommes ! — A madame ***.
A l'adolescent que je fus. A ce saint vieillard, ermitage ou mission.

A l'esprit des pauvres. Et à un très haut clergé.

Aussi bien à tout culte en telle place de culte

mémoriale et parmi tels événements qu'il faille se rendre, suivant les aspirations du moment ou bien notre propre vice sérieux.

Ce soir à Circeto des hautes glaces, grasse comme le poisson, et enluminée comme les dix mois de la nuit rouge — (son cœur ambre et spunck), — pour ma seule prière muette comme ces régions de nuit et précédant des bravoures plus violentes que ce chaos polaire.

A tout prix et avec tous les airs, même dans des voyages métaphysiques. — Mais plus *alors*.

SOIR HISTORIQUE

En quelque soir, par exemple, que se trouve le touriste naïf, retiré de nos horreurs économiques, la main d'un maître anime le clavecin des prés ; on joue aux cartes au fond de l'étang, miroir évocateur des reines et des mignonnes ; on a les saintes, les voiles, et les fils d'harmonie, et les chromatismes légendaires, sur le couchant.

Il frissonne au passage des chasses et des hordes. La comédie goutte sur les tréteaux de gazon. Et l'embarras des pauvres et des faibles sur ces plans stupides !

A sa vision esclave, l'Allemagne s'échafaude vers des lunes ; les déserts tartares s'éclairent ; les révoltes anciennes grouillent dans le centre du Céleste Empire ; par les escaliers et les fauteuils de rocs, un petit monde blême et plat, Afrique et Occidents, va s'édifier. Puis un ballet de mers et de nuits connues, une chimie sans valeur, et des mélodies impossibles.

La même magie bourgeoise à tous les points où la malle nous déposera ! Le plus élémentaire physicien sent qu'il n'est plus possible de se soumettre à cette atmosphère personnelle, brume de remords physiques, dont la constatation est déjà une affliction.

Non ! Le moment de l'étuve, des mers enlevées, des embrasements souterrains, de la planète emportée, et des exterminations conséquentes, certitudes si peu malignement indiquées dans la Bible et par les Nornes et qu'il sera donné à l'être sérieux de surveiller. Cependant ce ne sera point un effet de légende !

Qu'est-ce pour nous, mon cœur, que les nappes de sang
Et de braise, et mille meurtres, et les longs cris
De rage, sanglots de tout enfer renversant
Tout ordre ; et l'Aquilon encor sur les débris ;

Et toute vengeance ? Rien !... — Mais si, toute encor,
Nous la voulons ! Industriels, princes, sénats :
Périssez ! puissance, justice, histoire : à bas !
Ça nous est dû. Le sang ! le sang ! la flamme d'or !

Tout à la guerre, à la vengeance, à la terreur.
Mon esprit ! tournons donc la morsure : Ah ! passez,
Républiques de ce monde ! Des empereurs,
Des régiments, des colons, des peuples, assez !

Qui remuerait les tourbillons de feu furieux,
Que nous et ceux qui nous nous imaginons frères ?
A nous, romanesques amis : ça va nous plaire.
Jamais nous ne travaillerons, ô flots de feux !

Europe, Asie, Amérique, disparaissez.
Notre marche vengeresse a tout occupé,
Cités et campagnes ! — Nous serons écrasés !
Les volcans sauteront ! Et l'Océan frappé...

Oh ! mes amis ! — Mon cœur, c'est sûr, ils sont des frères :
Noirs inconnus, si nous allions ! Allons ! allons !
O malheur ! je me sens frémir, la vieille terre,
Sur moi de plus en plus à vous ! la terre fond.

Ce n'est rien : j'y suis ; j'y suis toujours.

DÉMOCRATIE

« Le drapeau va au paysage immonde, et notre patois étouffe le tambour.

« Aux centres nous alimenterons la plus cynique prostitution. Nous massacrerons les révoltes logiques.

« Aux pays poivrés et détrempés ! — au service des plus monstrueuses exploitations industrielles ou militaires.

« Au revoir ici, n'importe où. Conscrits du bon vouloir, nous aurons la philosophie féroce ; ignorants pour la science, roués pour le confort ; la crevaison pour le monde qui va. C'est la vraie marche, En avant, route ! »

UNE SAISON EN ENFER

UNE
SAISON EN ENFER

Jadis, si je me souviens bien, ma vie était un festin où s'ouvraient tous les cœurs, où tous les vins coulaient.

Un soir, j'ai assis la Beauté sur mes genoux. — Et je l'ai trouvée amère. — Et je l'ai injuriée.

Je me suis armé contre la justice.

Je me suis enfui. O sorcières, ô misère, ô haine, c'est à vous que mon trésor a été confié !

Je parvins à faire s'évanouir dans mon esprit toute l'espérance humaine. Sur toute joie pour l'étrangler j'ai fait le bond sourd de la bête féroce.

J'ai appelé les bourreaux pour, en périssant, mordre la crosse de leurs fusils. J'ai appelé les fléaux, pour m'étouffer avec le sable, le sang. Le malheur a été mon dieu. Je me suis allongé dans la boue. Je me suis séché à l'air du crime. Et j'ai joué de bons tours à la folie.

Le printemps m'a apporté l'affreux rire de l'idiot.

Or, tout dernièrement m'étant trouvé sur le point de faire le dernier *couac!* j'ai songé à rechercher la clef du festin ancien, où je reprendrais peut-être appétit.

La charité est cette clef. — Cette inspiration prouve que j'ai rêvé !

« Tu resteras hyène, etc..., » se récrie le démon qui me couronna de si aimables pavots. « Gagne la mort avec tous tes appétits, et ton égoïsme et tous les péchés capitaux. »

Ah ! j'en ai trop pris : — Mais, cher Satan, je vous en conjure, une prunelle moins irritée ! et en attendant les quelques petites lâchetés en retard, vous qui aimez dans l'écrivain l'absence des facultés descriptives ou instructives, je vous détache ces quelques hideux feuillets de mon carnet de damné.

MAUVAIS SANG

J'ai de mes ancêtres gaulois l'œil bleu blanc, la cervelle étroite, et la maladresse dans la lutte. Je trouve mon habillement aussi barbare que le leur. Mais je ne beurre pas ma chevelure.

Les Gaulois étaient les écorcheurs de bêtes, les brûleurs d'herbes les plus ineptes de leur temps.

D'eux, j'ai : l'idolâtrie et l'amour du sacrilège ; — oh ! tous les vices, colère, luxure, — magnifique, la luxure ; — surtout mensonge et paresse.

J'ai horreur de tous les métiers. Maîtres et ouvriers, tous paysans, ignobles. La main à plume vaut la main à charrue. — Quel siècle à mains ! — Je n'aurai jamais ma main. Après, la domesticité même trop loin. L'honnêteté de la mendicité me navre. Les criminels dégoûtent comme des châtrés : moi, je suis intact, et ça m'est égal.

Mais ! qui a fait ma langue perfide tellement,

qu'elle ait guidé et sauvegardé jusqu'ici ma paresse? Sans me servir pour rien même de mon corps, et plus oisif que le crapaud, j'ai vécu partout. Pas une famille d'Europe que je ne connaisse. — J'entends des familles comme la mienne, qui tiennent tout de la déclaration des Droits de l'homme. — J'ai connu chaque fils de famille !

*
* *

Si j'avais des antécédents à un point quelconque de l'histoire de France !

Mais non, rien.

Il m'est bien évident que j'ai toujours été race inférieure. Je ne puis comprendre la révolte. Ma race ne se souleva jamais que pour piller : tels les loups à la bête qu'ils n'ont pas tuée.

Je me rappelle l'histoire de la France, fille aînée de l'Eglise. J'aurais fait, manant, le voyage de terre sainte ; j'ai dans la tête des routes dans les plaines souabes, des vues de Byzance, des remparts de Solyme : le culte de Marie, l'attendrissement du Crucifié s'éveillent en moi parmi mille féeries profanes. — Je suis assis, lépreux, sur les pots cassés et les orties, au pied d'un mur rongé par le soleil. — Plus tard, reître, j'aurais bivaqué sous les nuits d'Allemagne.

Ah ! encore : je danse le sabbat dans une rouge clairière, avec des vieilles et des enfants.

Je ne me souviens pas plus loin que cette terre-ci et le christianisme. Je n'en finirais pas de me revoir dans ce passé. Mais toujours seul ; sans famille ; même, quelle langue parlais-je ? Je ne me vois jamais dans les conseils du Christ ; ni dans les conseils des Seigneurs, — représentants du Christ.

Qu'étais-je au siècle dernier : je ne me retrouve qu'aujourd'hui. Plus de vagabonds, plus de guerres vagues. La race inférieure a tout couvert — le peuple, comme on dit, la raison ; la nation et la science.

Oh ! la science ! On a tout repris. Pour le corps et pour l'âme, — le viatique, — on a la médecine et la philosophie, — les remèdes de bonnes femmes et les chansons populaires arrangées. Et les divertissements des princes et les jeux qu'ils interdisaient ! Géographie, cosmographie, mécanique, chimie !...

La science, la nouvelle noblesse ! Le progrès. Le monde marche ! Pourquoi ne tournerait-il pas ?

C'est la vision des nombres. Nous allons à l'*Esprit*. C'est très certain, c'est oracle, ce que je dis. Je comprends, et ne sachant m'expliquer sans paroles païennes, je voudrais me taire.

Le sang païen revient ! L'esprit est proche, pourquoi Christ ne m'aide-t-il pas, en donnant à mon âme noblesse et liberté. Hélas ! l'Évangile a passé ! l'Évangile ! l'Évangile.

J'attends Dieu avec gourmandise. Je suis de race inférieure de toute éternité.

Me voici sur la plage armoricaine. Que les villes s'allument dans le soir. Ma journée est faite ; je quitte l'Europe. L'air marin brûlera mes poumons, les climats perdus me tanneront. Nager, broyer l'herbe, chasser, fumer surtout ; boire des liqueurs fortes comme du métal bouillant, — comme faisaient ces chers ancêtres autour des feux.

Je reviendrai, avec des membres de fer, la peau sombre, l'œil furieux : sur mon masque, on me jugera d'une race forte. J'aurai de l'or : je serai oisif et brutal. Les femmes soignent ces féroces infirmes retour des pays chauds. Je serai mêlé aux affaires politiques. Sauvé.

Maintenant je suis maudit, j'ai horreur de la

patrie. Le meilleur, c'est un sommeil bien ivre sur la grève.

*
* *

On ne part pas. — Reprenons les chemins d'ici, chargé de mon vice, le vice qui a poussé ses racines de souffrance à mon côté, dès l'âge de raison — qui monte au ciel, me bat, me renverse, me traîne.

La dernière innocence et la dernière timidité. C'est dit. Ne pas porter au monde mes dégoûts et mes trahisons.

Allons ! La marche, le fardeau, le désert, l'ennui et la colère.

A qui me louer ! Quelle bête faut-il adorer ? Quelle sainte image attaque-t-on ? Quels cœurs briserai-je ? Quel mensonge dois-je tenir ? — Dans quel sang marcher ?

Plutôt, se garder de la justice. — La vie dure, l'abrutissement simple, — soulever, le poing desséché, le couvercle du cercueil, s'asseoir, s'étouffer. Ainsi point de vieillesse, ni de dangers : la terreur n'est point française.

— Ah ! je suis tellement délaissé que j'offre à n'importe quelle divine image des élans vers la perfection.

O mon abnégation, ô ma charité merveilleuse ! ici-bas, pourtant !

De profundis Domine, suis-je bête !

*
* *

Encore tout enfant, j'admirais le forçat intraitable sur qui se referme toujours le bagne ; je visitais les auberges et les garnis qu'il aurait sacrés par son séjour; je voyais *avec son idée* le ciel bleu et le travail fleuri de la campagne ; je flairais sa fatalité dans les villes. Il avait plus de force qu'un saint, plus de bons sens qu'un voyageur — et lui, lui seul ! pour témoin de sa gloire et de sa raison.

Sur les routes, par des nuits d'hiver, sans gîte, sans habits, sans pain, une voix étreignait mon cœur gelé : « Faiblesse ou force : te voilà, c'est la force. Tu ne sais ni où tu vas, ni pourquoi tu vas, entre partout, réponds à tout. On ne te tueras pas plus que si tu étais cadavre. » Au matin j'avais le regard si perdu et la contenance si morte, que ceux que j'ai rencontrés *ne m'ont peut-être pas vu.*

Dans les villes la boue m'apparaissait soudainement rouge et noire, comme une glace quand la lampe circule dans la chambre voisine, comme un trésor dans la forêt ! Bonne chance, criai-je, et je voyais une mer de flammes et de fumée au ciel ; et, à gauche, à droite, toutes les richesses flambant comme un milliard de tonnerres.

Mais l'orgie et la camaraderie des femmes m'étaient interdites. Pas même un compagnon. Je me voyais devant une foule exaspérée, en face du peloton d'exécution, pleurant du malheur qu'ils n'aient pu comprendre, et pardonnant ! — Comme Jeanne d'Arc ! — « Prêtres, professeurs, maîtres, vous vous trompez en me livrant à la justice. Je n'ai jamais été de ce peuple-ci ; je n'ai jamais été chrétien ; je suis de la race qui chantait dans le supplice ; je ne comprends pas les lois ; je n'ai pas le sens moral, je suis une brute : vous vous trompez. »

Oui, j'ai les yeux fermés à votre lumière. Je suis bête, un nègre. Mais je puis être sauvé. Vous êtes de faux nègres, vous, maniaques, féroces, avares. Marchand, tu es nègre ; magistrat, tu es nègre ; général, tu es nègre ; empereur, vieille démangeaison, tu es nègre ; tu as bu d'une liqueur non taxée, de la fabrique de Satan. — Ce peuple est inspiré par la fièvre et le cancer. Infirmes et vieillards sont tellement respectables qu'ils demandent à être bouillis. — Le plus malin est de quitter ce continent, où la folie rôde pour pourvoir d'otages ces misérables. J'entre au vrai royaume de Cham.

Connais-je encore la nature? me connais-je? — *Plus de mots*. J'ensevelis les morts dans mon ventre. Cris, tambour, danse, danse, danse, danse! Je ne vois même pas l'heure où, les blancs débarquant, je tomberai au néant.

Faim, soif, cris, danse, danse, danse, danse!

*
* *

Les blancs débarquent. Le canon! Il faut se soumettre au baptême, s'habiller, travailler.

J'ai reçu au cœur le coup de la grâce. Ah! Je ne l'avais pas prévu!

Je n'ai point fait le mal. Les jours vont m'être légers, le repentir me sera épargné. Je n'aurai pas eu les tourments de l'âme presque morte au bien, où remonte la lumière sévère comme les cierges funéraires. Le sort du fils de famille, cercueil prématuré couvert de limpides larmes. Sans doute la débauche est bête, le vice est bête; il faut jeter la pourriture à l'écart. Mais l'horloge ne sera pas arrivée à ne plus sonner que l'heure de la pure douleur! Vais-je être enlevé comme un enfant, pour jouer au paradis dans l'oubli de tout le malheur!

Vite! est-il d'autres vies? — Le sommeil dans la richesse est impossible. La richesse a toujours été bien public. L'amour divin seul octroie les clefs de la science, Je vois que la nature n'est qu'un spectacle de bonté. Adieu chimères, idéals, erreurs.

Le chant raisonnable des anges s'élève du navire sauveur : c'est l'amour divin. — Deux amours! je puis mourir de l'amour terrestre, mourir de dévouement. J'ai laissé des âmes dont la peine s'accroîtra de mon départ! Vous me choisissez parmis les naufragés; ceux qui restent sont-ils pas mes amis?

Sauvez-les!

La raison m'est née. Le monde est bon. Je bénirai la vie. J'aimerai mes frères. Ce ne sont plus des promesses d'enfance. Ni l'espoir d'échapper à la vieillesse et à la mort. Dieu fait ma force, et je loue Dieu.

*
* *

L'ennui n'est plus mon amour. Les rages, les débauches, la folie, dont je sais tous les élans et les désastres, tout mon fardeau est déposé. Apprécions sans vertige l'étendue de mon innocence.

Je ne serais plus capable de demander le réconfort d'une bastonnade. Je ne me crois pas embarqué pour une noce avec Jésus-Christ pour beau-père.

Je ne suis pas prisonnier de ma raison. J'ai dit : Dieu. Je veux la liberté dans le salut : comment la poursuivre? Les goûts frivoles m'ont quitté. Plus besoin de dévouement ni d'amour divin. Je ne regrette pas le siècle des cœurs sensibles. Chacun a sa raison, mépris et charité : je retiens ma place au sommet de cette angélique échelle de bon sens.

Quant au bonheur établi, domestique ou non... non, je ne peux pas. Je suis trop dissipé, trop faible. La vie fleurit par le travail, vieille vérité : moi, ma vie n'est pas assez pesante, elle s'envole et flotte loin au-dessus de l'action, ce cher point du monde.

Comme je deviens vieille fille, à manquer du courage d'aimer la mort!

Si Dieu m'accordait le calme céleste, aérien, la prière, — comme les anciens saints. — Les saints!

des forts! les anachorètes, des artistes comme il n'en faut plus!

Farce continuelle? Mon innocence me ferait pleurer. La vie est la farce à mener par tous.

*
* *

Assez! Voici la punition. — *En marche!*

Ah! les poumons brûlent, les tempes grondent! la nuit roule dans mes yeux, par ce soleil! le cœur... les membres...

Où va-t-on? au combat? Je suis faible! les autres avancent. Les outils, les armes... le temps!...

Feu! feu sur moi! Là! ou je me rends. — Lâches! — Je me tue! Je me jette aux pieds des chevaux!

Ah!...

— Je m'y habituerai.

Ce serait la vie française, le sentier de l'honneur!

NUIT DE L'ENFER

J'ai avalé une fameuse gorgée de poison. — Trois fois béni soit le conseil qui m'est arrivé! — Les entrailles me brûlent. La violence du venin tord mes membres, me rend difforme, me terrasse. Je meurs de soif, j'étouffe, je ne puis crier. C'est l'enfer, l'éternelle peine! Voyez comme le feu se relève! Je brûle comme il faut. Va, démon!

J'avais entrevu la conversion au bien et au bonheur, le salut. Puis-je décrire la vision, l'air de l'enfer ne souffre pas les hymnes! C'était des millions de créatures charmantes, un suave concert spirituel, la force et la paix, les nobles ambitions, que sais-je?

Les nobles ambitions!

Et c'est encore la vie! — Si la damnation est éternelle! Un homme qui veut se mutiler est bien damné, n'est-ce pas? Je me crois en enfer, donc j'y suis. C'est l'exécution du catéchisme. Je suis esclave de mon baptême. Parents, vous avez fait mon malheur et vous avez fait le vôtre. Pauvre innocent! — L'enfer ne peut attaquer les païens. — C'est la vie encore! Plus tard, les délices de la damnation seront plus profondes. Un crime, vite, que je tombe au néant, de par la loi humaine.

Tais-toi, mais tais-toi!... C'est la honte, le reproche, ici : Satan qui dit que le feu est ignoble, que ma colère est affreusement sotte. — Assez!... Des erreurs qu'on me souffle, magies, parfums faux, musiques puériles. — Et dire que je tiens la vérité, que je vois la justice : j'ai un jugement sain et arrêté, je suis prêt pour la perfection... Orgueil. — La peau de ma tête se dessèche. Pitié! Seigneur, j'ai peur. J'ai soif! Ah! Oisif! l'enfance, l'herbe, la pluie, le lac sur les pierres, *le clair de lune quand le clocher sonnait douze*... le diable est au clocher, à cette heure. Marie! Sainte Vierge!... — Horreur de ma bêtise.

Là-bas, ne sont-ce pas des âmes honnêtes, qui me veulent du bien... Venez... J'ai un oreiller sur la bouche, elles ne m'entendent pas, ce sont des fantômes, Puis, jamais personne ne pense à autrui. Qu'on n'approche pas. Je sens le roussi, c'est certain.

Les hallucinations sont innombrables. C'est bien ce que j'ai toujours eu : plus de fois en l'histoire, l'oubli des principes. Je m'en tairai : poètes et visionnaires seraient jaloux. Je suis mille fois le plus riche, soyons avare comme la mer.

Ah çà! l'horloge de la vie s'est arrêtée tout à l'heure. Je ne suis plus au monde. — La théologie est sérieuse, l'enfer est certainement *en bas* — et le ciel en haut. — Extase, cauchemar, sommeil dans un nid de flammes.

Que de malices dans l'attention dans la campagne... Satan, Ferdinand, court avec les graines sauvages... Jésus marche sur les ronces purpurines, sans les courber... Jésus marchait sur les eaux irritées. La lanterne nous le montra debout, blanc et des tresses brunes, au flanc d'une vague d'émeraude...

Je vais dévoiler tous les mystères; mystères religieux ou naturels, mort, naissance, avenir, passé, cosmogonie, néant. Je sais maître en fantasmagories.

Ecoutez!...

J'ai tous les talents! — Il n'y a personne ici et il y a quelqu'un : je ne voudrais pas répandre mon trésor. — Veut-on des chants nègres, des danses de houris? Veut-on que je disparaisse, que je plonge à la recherche de l'*anneau?* Veut-on? Je ferai de l'or, des remèdes.

Fiez-vous donc à moi, la foi soulage, guide, guérit. Tous, venez, — même les petits enfants, — que je vous console, qu'on répande pour vous son cœur, — le cœur merveilleux! — Pauvres hommes, travailleurs! Je ne demande pas de prières; avec votre confiance seulement, je serai heureux.

— Et pensons à moi. Ceci me fait peu regretter le monde. J'ai de la chance de ne pas souffrir plus. Ma vie ne fut que folies douces, c'est regrettable.

Bah! faisons toutes les grimaces imaginables.

Décidément, nous sommes hors du monde. Plus aucun son. Mon tact a disparu. Ah! mon château, ma Saxe, mon bois de saules. Mes soirs, les matins, les nuits, les jours... Suis-je las!

Je devrais avoir mon enfer pour la colère, mon enfer pour l'orgueil, — et l'enfer de la caresse; un concert d'enfers.

Je meurs de lassitude. C'est le tombeau, je m'en vais aux vers, horreur de l'horreur! Satan, farceur, tu veux me dissoudre, avec tes charmes. Je réclame. Je réclame! un coup de fourche, une goutte de feu.

Ah! remonter à la vie! Jeter les yeux sur nos difformités. Et ce poison, ce baiser mille fois maudit! Ma faiblesse, la cruauté du monde! Mon Dieu, pitié, cachez-moi, je me tiens trop mal! — Je suis caché et je ne le suis pas.

C'est le feu qui se relève avec son damné.

DÉLIRES I. — VIERGE FOLLE

L'ÉPOUX INFERNAL

Écoutons la confession d'un compagnon d'enfer :

« O divin Époux, mon Seigneur, ne refusez pas la confession de la plus triste de vos servantes. Je suis perdue. Je suis soûle. Je suis impure. Quelle vie !

« Pardon, divin Seigneur, pardon! Ah! pardon! Que de larmes! Et que de larmes encore plus tard, j'espère!

« Plus tard, je connaîtrai le divin Époux! Je suis née soumise à Lui. — L'autre peut me battre maintenant!

« A présent, je suis au fond du monde! O mes amies!... non, pas mes amies... Jamais délires ni tortures semblables... Est-ce bête!

« Ah! je souffre, je crie. Je souffre vraiment. Tout

pourtant m'est permis, chargée du mépris des plus méprisables cœurs.

« Enfin, faisons cette confidence, quitte à la répéter vingt autres fois, — aussi morne, aussi insignifiante!

« Je suis esclave de l'Époux infernal, celui qui a perdu les vierges folles. C'est bien ce démon-là. Ce n'est pas un spectre, ce n'est pas un fantôme. Mais moi qui ai perdu la sagesse, qui suis damnée et morte au monde, — on ne me tuera pas! — Comment vous le décrire! Je ne sais même plus parler. Je suis en deuil, je pleure, j'ai peur. Un peu de fraîcheur, Seigneur, si vous voulez, si vous voulez bien!

« Je suis veuve... — J'étais veuve... — mais oui, j'ai été bien sérieuse jadis, et je ne suis pas née pour devenir squelette !... — Lui était presque un enfant... Ses délicatesses mystérieuses m'avaient séduite. J'ai oublié tout mon devoir humain pour le suivre. Quelle vie! La vraie vie est absente. Nous ne sommes pas au monde. Je vais où il va, il le faut. Et souvent il s'emporte contre moi, *moi, la pauvre âme*. Le Démon! — C'est un démon, vous savez, *ce n'est pas un homme*.

« Il dit : « Je n'aime pas les femmes. L'amour

est à réinventer, on le sait. Elles ne peuvent plus que vouloir une position assurée. La position gagnée, cœur et beauté sont mis de côté : il ne reste que froid dédain, l'aliment du mariage, aujourd'hui. Ou bien je vois des femmes, avec les signes du bonheur, dont, moi, j'aurai pu faire de bonnes camarades, dévorées tout d'abord par des brutes sensibles comme des bûchers... »

« Je l'écoute faisant de l'infamie une gloire, de la cruauté un charme. « Je suis de race lointaine : mes pères étaient Scandinaves : ils se perçaient les côtes, buvaient leur sang. — Je me ferai des entailles partout le corps, je me tatouerai, je veux devenir hideux comme un Mongol : tu verras, je hurlerai dans les rues. Je veux devenir bien fou de rage. Ne me montre jamais de bijoux, je ramperais et me tordrais sur le tapis. Ma richesse, je la voudrais tachée de sang partout. Jamais je ne travaillerai... » Plusieurs nuits, son démon me saisissant, nous nous roulions, je luttais avec lui ! — Les nuits, souvent, ivre, il se poste dans les rues ou dans des maisons, pour m'épouvanter mortellement. — « On me coupera vraiment le cou ; ce sera dégoûtant » oh ! Ces jours où il veut marcher avec l'air du crime !

« Parfois il parle, en une façon de patois attendri, de la mort qui fait repentir, des malheureux qui existent certainement, des travaux pénibles, des départs qui déchirent les cœurs. Dans les bouges où nous nous enivrions, il pleurait en considérant ceux qui nous entouraient, bétail de la misère. Il relevait les ivrognes dans les rues noires. Il avait la pitié d'une mère méchante pour les petits enfants. — Il s'en allait avec des gentillesses de petite fille au catéchisme. — Il feignait d'être éclairé sur tout, commerce, art, médecine. — Je le suivais, il le faut !

« Je voyais tout le décor dont, en esprit, il s'entourait ; vêtements, draps, meubles : je lui prêtais des armes, une autre figure. Je voyais tout ce qui le touchait, comme il aurait voulu le créer pour lui. Quand il me semblait avoir l'esprit inerte, je le suivais, moi, dans des actions étranges et compliquées, loin, bonnes ou mauvaises : j'étais sûre de ne jamais entrer dans son monde. A côté de son cher corps endormi, que d'heures des nuits j'ai veillé, cherchant pourquoi il voulait tant s'évader de la réalité. Jamais homme n'eut pareil vœu. Je reconnais, — sans craindre pour lui, — qu'il pouvait être un sérieux danger dans la société. — Il a peut-être des secrets pour *changer la vie?* Non, il ne fait qu'en chercher, me répliquais-je. Enfin sa charité est ensorcelée, et j'en suis la prisonnière. Aucune autre âme n'aurait assez de force, — force de désespoir! — pour la supporter, pour être protégée et aimée par lui. D'ailleurs, je ne me le figurais pas avec une autre âme : on voit son Ange, jamais l'Ange d'un autre, — je crois. J'étais dans son âme comme dans un palais qu'on a vidé pour ne pas voir une personne si peu noble que vous : voilà tout. Hélas! je dépendais bien de lui. Mais que voulait-il avec mon existence terne et lâche? Il ne me rendait pas meilleure, s'il ne me faisait pas mourir! Tristement dépitée, je lui dis quelquefois :

« Je te comprends. » Il haussait les épaules.

« Ainsi, mon chagrin se renouvelant sans cesse, et me trouvant plus égarée à mes yeux, — comme à tous les yeux qui auraient voulu me fixer, si je n'eusse été condamnée pour jamais à l'oubli de tous! — j'avais de plus en plus faim de sa bonté. Avec ces baisers et ses étreintes amies, c'était bien un ciel, un sombre ciel, où j'entrais, et où j'aurais voulu être laissée, pauvre, sourde, muette, aveugle. Déjà j'en prenais l'habitude. Je nous voyais comme deux bons enfants, libres de se promener dans le Paradis de tristesse. Nous nous accordions. Bien émus, nous travaillions ensemble. Mais, après une pénétrante caresse, il disait : « Comme ça te paraîtra drôle, quand je n'y serai plus, ce par quoi tu as passé. Quand tu n'auras plus mes bras sous ton cou, ni mon cœur pour t'y reposer, ni cette bouche sur tes yeux. Parce qu'il faudra que je m'en aille, très loin, un jour. Puis il faut que j'en aide d'autres : c'est mon devoir. Quoique ce ne soit guère ragoûtant... chère âme... » Tout de suite je me pressentais, lui parti, en proie au vertige, précipitée dans l'ombre la plus affreuse : la mort. Je lui faisais promettre qu'il ne me lâcherait pas. Il l'a faite vingt fois, cette promesse d'amant. C'était aussi frivole que moi lui disant :

« Je te comprends. »

« Ah! je n'ai jamais été jalouse de lui. Il ne me quittera pas, je crois. Que devenir? Il n'a pas une connaissance; il ne travaillera jamais. Il veut vivre somnambule. Seules, sa bonté et sa charité lui donneraient-elles droit dans le monde réel? Par instants, j'oublie la pitié où je suis tombée : lui me rendra forte, nous voyagerons, nous chasserons dans les déserts, nous dormirons sur les pavés des villes inconnues, sans soins, sans peines. Où je me réveillerai, et les lois et les mœurs auront changé, — grâce à son pouvoir magique, — le monde, en restant le même, me laissera à mes désirs, joies, nonchalances. Oh ! la vie d'aventures qui existe dans les livres des enfants, pour me récompenser, j'ai tant souffert, me la donneras-tu ? Il ne peut pas. J'ignore son idéal. Il m'a dit avoir des regrets, des espoirs : cela ne doit pas me regarder. Parle-t-il à Dieu ? Peut-être devrais-je m'adresser à Dieu. Je suis au plus profond de l'abîme, et je ne sais plus prier.

« S'il m'expliquait ses tristesses, les comprendrais-je plus que ses railleries ? Peut-être. Il m'attaque, il passe des heures à me faire honte de tout ce qui m'a pu toucher au monde, et s'indigne si je pleure.

« — Tu vois cet élégant jeune homme, entrant dans la belle et calme maison : il s'appelle Duval, Dufour, Armand, Maurice, que sais-je ? Une femme s'est dévouée à aimer ce méchant idiot : elle est morte, c'est certes une sainte au ciel, à présent. Tu me feras mourir comme il a fait mourir cette femme. C'est notre sort, à nous cœurs charitables... » Hélas ! il avait des jours où tous les hommes agissant lui paraissaient les jouets de délires grotesques ; il riait affreusement, longtemps. — Puis, il reprenait ses manières de jeune mère, de sœur aimée. S'il était moins sauvage, nous serions sauvés ! Mais sa douceur est aussi mortelle. Je lui suis soumise. — Ah ! je suis folle !

« Un jour peut-être il disparaîtra merveilleusement ; mais il faut que je sache, s'il doit remonter à un ciel, que je voie un peu l'assomption de mon petit ami ! »

Drôle de ménage !

DÉLIRES II. — ALCHIMIE DU VERBE

A moi L'histoire d'une de mes folies.

Depuis longtemps je me vantais de posséder tous les paysages possibles, et trouvais dérisoires les célébrités de la peinture et de la poésie modernes.

J'aimais les peintures idiotes, dessus de portes, décors, toiles de saltimbanques, enseignes enluminures populaires ; la littérature démodée, latin d'église, livres érotiques sans orthographe, romans de nos aïeules, contes de fées, petits livres de l'enfance, opéras vieux, refrains niais, rythmes naïfs.

Je rêvais croisades, voyages de découvertes dont on n'a pas de relations, républiques sans histoires, guerres de religion étouffées, révolutions de mœurs, déplacements de races et de continents : je croyais à tous les enchantements.

J'inventai la couleur des voyelles ! — *A* noir, *E* blanc, *I* rouge, *O* bleu, *U* vert. — Je réglai la forme et le mouvement de chaque consonne, et, avec des rythmes instinctifs, je me flattai d'inventer un verbe poétique accessible, un jour ou l'autre, à tous les sens. Je réservais la traduction.

Ce fut d'abord une étude. J'écrivais des silences, des nuits, je notais l'inexprimable. Je fixais des vertiges.

Loin des oiseaux, des troupeaux, des villageoises,
Que buvais-je, à genoux dans cette bruyère
Entourée de tendres bois de noisetiers,
Dans un brouillard d'après-midi tiède et vert !

Que pouvais-je boire dans cette jeune Oise,
— Ormeaux sans voix, gazon sans fleurs, ciel couvert ! —
Boire à ces gourdes jaunes, loin de ma case
Chérie ? Quelque liqueur d'or qui fait suer.

Je faisais une louche enseigne d'auberge.
— Un orage vint chasser le ciel. Au soir
L'eau des bois se perdait sur les sables vierges,
Le vent de Dieu jetait des glaçons aux mares ;

Pleurant, je voyais de l'or — et ne pus boire. —

*
* *

A quatre heures du matin, l'été.
Le sommeil d'amour dure encore.
Sous les bocages s'évapore
L'odeur du soir fêté.

Là-bas, dans leur vaste chantier
Au soleil des Hespérides,
Déjà s'agitent — en bras de chemise —
Les Charpentiers.

Dans leurs Déserts de mousse, tranquilles.
Ils préparent les lambris précieux
Où la ville
Peindra de faux cieux.

O, pour ces Ouvriers charmants
Sujets d'un roi de Babylone,
Vénus! quitte un instant les Amants
Dont l'âme est en couronne.

O Reine des Bergers,
Porte aux travailleurs l'eau-de-vie,
Que leurs forces soient en paix
En attendant le bain dans la mer à midi.

*
* *

La vieillerie poétique avait une bonne part dans mon alchimie du verbe.

Je m'habituai à l'hallucination simple : je voyais très franchement une mosquée à la place d'une usine, une école de tambours faite par des anges, des calèches sur les routes du ciel, un salon au fond d'un lac ; les monstres, les mystères ; un titre de vaudeville dressait des épouvantes devant moi.

Puis j'expliquai mes sophismes magiques avec l'hallucination des mots !

Je finis par trouver sacré le désordre de mon esprit. J'étais oisif, en proie à une lourde fièvre : j'enviais la félicité des bêtes, — les chenilles, qui représentent l'innocence des limbes, les taupes, le sommeil de la virginité !

Mon caractère s'aigrissait. Je disais adieu au monde dans d'espèces de romances :

CHANSON DE LA PLUS HAUTE TOUR

Qu'il vienne, qu'il vienne,
Le temps dont on s'éprenne.

J'ai tant fait patience
Qu'à jamais j'oublie.
Craintes et souffrances
Aux cieux sont parties.
Et la soif malsaine
Obscurcit mes veines.

Qu'il vienne, qu'il vienne,
Le temps dont on s'éprenne.

Telle la prairie
A l'oubli livrée,
Grandie, et fleurie
D'encens et d'ivraies,
Au bourdon farouche
Les sales mouches.

Qu'il vienne, qu'il vienne
Le temps dont on s'éprenne.

J'aimai le désert, les vergers brûlés, les boutiques fanées, les boissons tiédies. Je me traînais dans les ruelles puantes et, les yeux fermés, je m'offrais au soleil, dieu de feu.

« Général, s'il reste un vieux canon sur tes remparts en ruines, bombarde-nous avec des blocs de terre sèche. Aux glaces des magasins splendides ! dans les salons ! Fais manger sa poussière à la ville. Oxyde les gargouilles. Emplis les boudoirs de poudre de rubis brûlante... »

Oh ! le moucheron enivré à la pissotière de l'auberge, amoureux de la bourrache, et que dissout un rayon !

FAIM

Si j'ai du goût, ce n'est guères
Que pour la terre et les pierres.
Je déjeune toujours d'air,
De roc, de charbons, de fer.

Mes faims, tournez. Paissez, faims,
Le pré des sons.
Attirez le gai venin
Des liserons

Mangez les cailloux qu'on brise,
Les vieilles pierres d'églises ;
Les galets des vieux déluges,
Pains semés dans les vallées grises.

*
* *

Le loup criait sous les feuilles
En crachant les belles plumes
De son repas de volailles :
Comme lui je me consume,

Les salades, les fruits
N'attendent que la cueillette ;
Mais l'araignée de la haie
Ne mange que des violettes.

Que je dorme ! que je bouille
Aux autels de Salomon.
Le bouillon court sur la rouille,
Et se mêle au Cédron.

Enfin, ô bonheur, ô raison, j'écartai du ciel l'azur, qui est du noir, et je vécus, étincelle d'or de la lumière *nature*. De joie, je prenais une expression bouffonne et égarée au possible :

Elle est retrouvée !
Quoi ? l'Éternité.
C'est la mer mêlée
Au soleil.

Mon âme éternelle,
Observe ton vœu
Malgré la nuit seule
Et le jour en feu.

Donc tu te dégages
Des humains suffrages,

Des communs élans !
Tu voles selon.....

— Jamais l'espérance,
*Pas d'*orietur,
Science et patience,
Le supplice est sûr.

Plus de lendemain,
Braises de satin,
Votre ardeur
Est le devoir.

Elle est retrouvée !
— Quoi? — l'Éternité.
C'est la mer mêlée
Au soleil.

Je devins un opéra fabuleux : je vis que tous les êtres ont une fatalité de bonheur : l'action n'est pas la vie, mais une façon de gâcher quelque chose, un énervement. La morale est la faiblesse de la cervelle.

A chaque être, plusieurs *autres* vies me semblaient dues. Ce monsieur ne sait ce qu'il fait : il est un ange. Cette famille est une nichée de chiens. Devant plusieurs hommes, je causai tout haut avec un moment d'une de leurs autres vies. — Ainsi j'ai aimé un porc.

Aucun des sophismes de la folie, — la folie qu'on enferme, — n'a été oublié par moi : je pourrais les redire tous, je tiens le système.

Ma santé fut menacée. La terreur venait. Je tombais dans des sommeils de plusieurs jours, et, levé, je continuais les rêves les plus tristes. J'étais mûr pour le trépas, et par une route de dangers ma faiblesse me menait aux confins du monde et de la Cimmérie, patrie de l'ombre et des tourbillons.

Je dus voyager, distraire les enchantements assemblés sur mon cerveau. Sur la mer, que j'aimais comme si elle eût dû me laver d'une souillure, je voyais se lever la croix consolatrice. J'avais été damné par l'arc-en-ciel. Le bonheur était ma fatalité, mon remords, mon ver : ma vie serait toujours trop immense pour être dévouée à la force et à la beauté.

Le bonheur! Sa dent, douce à la mort, m'avertissait au chant du coq, — *ad matutinum*, au *Christus venit*, — dans les plus sombres villes :

O saisons, ô châteaux !
Quelle âme est sans défauts !

J'ai fait la magique étude
Du bonheur, qu'aucun n'élude.

Salut à lui, chaque fois
Que chante le coq gaulois.

Ah ! je n'aurai plus d'envie :
Il s'est chargé de ma vie.
Ce charme a pris âme et corps
Et dispersé les efforts.

O saisons, ô châteaux !

L'heure de la fuite, hélas !
Sera l'heure du trépas.

O saisons, ô châteaux !

Cela s'est passé. Je sais aujourd'hui saluer la beauté.

L'IMPOSSIBLE

Ah ! cette vie de mon enfance, la grande route par tous les temps, sobre naturellement, plus désintéressé que le meilleur des mendiants, fier de n'avoir ni pays, ni amis, quelle sottise c'était. — Et je m'en aperçois seulement !

— J'ai eu raison de mépriser ces bonshommes qui ne perdraient pas l'occasion d'une caresse, parasites de la propreté et de la santé de nos femmes, aujourd'hui qu'elles sont si peu d'accord avec nous.

J'ai eu raison dans tous mes dédains : puisque je m'évade !

Je m'évade?

Je m'explique.

Hier encore, je soupirais : « Ciel ! sommes-nous assez de damnés ici-bas ! Moi j'ai tant de temps déjà dans leur troupe ! Je les connais tous. Nous nous reconnaissons toujours ; nous nous dégoûtons. La charité nous est inconnue. Mais nous sommes polis ; nos relations avec le monde sont très convenables. » Est-ce étonnant? Le monde! les marchands, les naïfs ! — Nous ne sommes pas déshonorés. — Mais les élus, comment nous recevraient-ils ? Or il y a des gens hargneux et joyeux, de faux élus, puisqu'il nous faut de l'audace ou de l'humilité pour les aborder. Ce sont les seuls élus. Ce ne sont pas des bénisseurs !

M'étant retrouvé deux sous de raison — ça passe vite ! — je vois que mes malaises viennent de ne m'être pas figuré assez tôt que nous sommes à l'Occident. Les marais occidentaux ! Non que je croie la lumière altérée, la forme exténuée, le mouvement égaré... Bon ! voici que mon esprit veut absolument se charger de tous les développements cruels qu'a subis l'esprit depuis la fin de l'Orient... Il en veut, mon esprit !

... Mes deux sous de raison sont finis ! — L'esprit est autorité, il veut que je sois en Occident. Il faudrait le faire taire pour conclure comme je voulais.

J'envoyais au diable les palmes des martyrs, les rayons de l'art, l'orgueil des inventeurs, l'ardeur des pillards ; je retournais à l'Orient et à la sagesse première et éternelle. — Il paraît que c'est un rêve de paresse grossière !

Pourtant, je ne songeais guère au plaisir d'échapper aux souffrances modernes. Je n'avais pas en vue la sagesse bâtarde du Coran. — Mais n'y a-t-il pas un supplice réel en ce que, depuis cette déclaration de la science, le christianisme, l'homme *se joue*, se prouve les évidences, se gonfle du plaisir de répéter ces preuves, et ne vit que comme cela ! Torture subtile, niaise ; source de mes divagations spirituelles. La nature pourrait s'ennuyer, peut-être ! M. Prudhomme est né avec le Christ.

N'est-ce pas parce que nous cultivons la brume ! Nous mangeons la fièvre avec nos légumes aqueux. Et l'ivrognerie ! et le tabac ! et l'ignorance ! et les dévouements ! — Tout cela est-il assez loin de la pensée de la sagesse de l'Orient, la patrie primitive ? Pourquoi un monde moderne, si de pareils poisons s'inventent !

Les gens d'Église diront : C'est compris. Mais vous voulez parler de l'Éden. Rien pour vous dans l'histoire des peuples orientaux. — C'est vrai ; c'est à l'Éden que je songeais ! Qu'est-ce que c'est pour mon rêve, cette pureté des races antiques !

Les philosophes : Le monde n'a pas d'âge. L'humanité se déplace, simplement. Vous êtes en Occident, mais libre d'habiter dans votre Orient, quelque ancien qu'il vous le faille, — et d'y habiter bien. Ne soyez pas un vaincu. Philosophes, vous êtes de votre Occident.

Mon esprit, prends garde. Pas de partis de salut violents. Exerce-toi ! — Ah ! la science ne va pas assez vite pour nous !

— Mais je m'aperçois que mon esprit dort.

S'il était bien éveillé toujours à partir de ce moment, nous serions bientôt à la vérité, qui peut-être nous entoure avec ses anges pleurant !... — S'il avait été éveillé jusqu'à ce moment-ci, c'est que je n'aurais pas cédé aux instincts délétères, à une époque immémoriale !... — S'il avait toujours été bien éveillé, je voguerais en pleine sagesse !...

O pureté ! pureté !

C'est cette minute d'éveil qui m'a donné la vision de la pureté ! — Par l'esprit on va à Dieu !

Déchirante infortune !

L'ÉCLAIR

Le travail humain ! c'est l'explosion qui éclaire mon abîme de temps en temps.

« Rien n'est vanité ; à la science, et en avant ! » crie l'Ecclésiaste moderne, c'est-à-dire *Tout le monde*. Et pourtant les cadavres des méchants et des fainéants tombent sur le cœur des autres... Ah ! vite, vite un peu ; là-bas, par delà la nuit, ces récompenses futures, éternelles ... les échappons-nous ?...

— Qu'y puis-je? Je connais le travail ; et la science est trop lente. Que la prière galope et que la lumière gronde... je le vois bien. C'est trop simple, et il fait trop chaud ; on se passera de moi. J'ai mon devoir, j'en serai fier à la façon de plusieurs, en le mettant de côté.

Ma vie est usée. Allons ! feignons, fainéantons, ô pitié ! Et nous existerons en nous amusant, en rêvant amours monstres et univers fantastiques, en nous plaignant et en querellant les apparences du monde, saltimbanque, mendiant, artiste, bandit, — prêtre ! Sur mon lit d'hôpital, l'odeur de l'encens m'est revenue si puissante ; gardien des aromates sacrés, confesseur, martyr...

Je reconnais là ma sale éducation d'enfance. Puis quoi !... Aller mes vingt ans, si les autres vont vingt ans...

Non ! non ! à présent je me révolte contre la mort ! Le travail paraît trop léger à mon orgueil : ma trahison au monde serait un supplice trop court. Au dernier moment, j'attaquerais à droite, à gauche...

Alors, — oh ! — chère pauvre âme, l'éternité serait-elle pas perdue pour nous !

MATIN

N'eus-je pas *une fois* une jeunesse aimable, héroïque, fabuleuse, à écrire sur des feuilles d'or, trop de chance! Par quel crime, par quelle erreur, ai-je mérité ma faiblesse actuelle? Vous qui prétendez que des bêtes poussent des sanglots de chagrin, que des malades désespèrent, que des morts rêvent mal, tâchez de raconter ma chute et mon sommeil. Moi, je ne puis pas plus m'expliquer que le mendiant avec ses continuels *Pater* et *Ave Maria*. *Je ne sais plus parler!*

Pourtant, aujourd'hui, je crois avoir fini la relation de mon enfer. C'était bien l'enfer; l'ancien, celui dont le fils de l'homme ouvrit les portes.

Du même désert, à la même nuit, toujours mes yeux las se réveillent à l'étoile d'argent, toujours, sans que s'émeuvent les Rois de la vie, les trois mages, le cœur, l'âme, l'esprit. Quand irons-nous, par delà les grèves et les monts, saluer la naissance du travail nouveau, la sagesse nouvelle, la fuite des tyrans et des démons, la fin de la superstition, adorer — les premiers ! — Noël sur la terre !

Le chant des cieux, la marche des peuples ! Esclaves, ne maudissons pas la vie.

ADIEU

L'automne déjà ! — Mais pourquoi regretter un éternel soleil, si nous sommes engagés à la découverte de la clarté divine, — loin des gens qui meurent sur les saisons.

L'automne. Notre barque élevée dans les brumes immobiles tourne vers le port de la misère, la cité énorme au ciel taché de feu et de boue. Ah ! les haillons pourris, le pain trempé de pluie, l'ivresse, les mille amours qui m'ont crucifié ! Elle ne finira donc point cette goule reine de millions d'âmes et de corps morts *et qui seront jugés !* Je me revois la peau rongée par la boue et la peste, des vers pleins les cheveux et les aisselles et encore de plus gros vers dans le cœur, étendu parmi les inconnus sans âge, sans sentiment... J'aurais pu y mourir... L'affreuse évocation ! J'exècre la misère.

Et je redoute l'hiver parce que c'est la saison du confort !

— Quelquefois je vois au ciel des plages sans fin couvertes de blanches nations en joie. Un grand vaisseau d'or, au-dessus de moi, agite ses pavillons multicolores sous les brises du matin. J'ai créé toutes les fêtes, tous les triomphes, tous les drames. J'ai essayé d'inventer de nouvelles fleurs, de nouveaux astres, de nouvelles chairs, de nouvelles langues. J'ai cru acquérir des pouvoirs surnaturels. Eh bien! je dois enterrer mon imagination et mes souvenirs! Une belle gloire d'artiste et de conteur emportée!

Moi ! moi qui me suis dit mage ou ange, dispensé de toute morale, je suis rendu au sol, avec un devoir à chercher, et la réalité rugueuse à étreindre ! Paysan !

Suis-je trompé ? la charité serait-elle sœur de la mort pour moi ?

Enfin, je demanderai pardon pour m'être nourri de mensonge. Et allons.

Mais pas une main amie ! et où puiser le secours?

*
* *

Oui l'heure nouvelle est au moins très sévère.

Car je puis dire que la victoire m'est acquise : les

grincements de dents, les sifflements de feu, les soupirs empestés se modèrent. Tous les souvenirs immondes s'effacent. Mes derniers regrets détalent, — des jalousies pour les mendiants, les brigands, les amis de la mort, les arriérés de toutes sortes. — Damnés, si je me vengeais !

Il faut être absolument moderne.

Point de cantiques : tenir le pas gagné. Dure nuit ! le sang séché fume sur ma face, et je n'ai rien derrière moi, que cet horrible arbrisseau !... Le combat spirituel est aussi brutal que la bataille d'hommes ; mais la vision de la justice est le plaisir de Dieu seul.

Cependant c'est la veille. Recevons tous les influx de vigueur et de tendresse réelle. Et, à l'aurore, armés d'une ardente patience, nous entrerons aux splendides villes.

Que parlais-je de main amie ! Un bel avantage, c'est que je puis rire des vieilles amours mensongères, et frapper de honte ces couples menteurs, — j'ai vu l'enfer des femmes là-bas ; — et il me sera loisible de *posséder la vérité dans une âme et un corps.*

Avril-août 1873.

TABLE DES MATIÈRES

UNE SAISON EN ENFER

ÉVREUX, IMPRIMERIE DE CHARLES HÉRISSEY

www.ingramcontent.com/pod-product-compliance
Ingram Content Group UK Ltd.
Pitfield, Milton Keynes, MK11 3LW, UK
UKHW022106190726
13855UKWH00002B/677

9 782013 586818